승소머신
강변호사

승소머신 강변호사 3

가프 장편소설

초판 1쇄 찍은 날 § 2018년 2월 19일
초판 1쇄 펴낸 날 § 2018년 2월 26일

지은이 § 가프
펴낸이 § 서경석

총괄팀장 § 최하나
편집책임 § 이선근
편집 § 김슬기

펴낸곳 § 도서출판 청어람
등록번호 § 제387-1999-000006호
등록일자 § 1999. 5. 31
어람번호 § 제1-2853호

주소 § 경기도 부천시 부일로 483번길 40 서경B/D 3F (우) 14640
전화 § 032-656-4452 팩스 § 032-656-4453
http://www.chungeoram.com
E-mail § chungeorambook@daum.net

ISBN 979-11-04-91655-7 04810
ISBN 979-11-04-91610-6 (세트)

승소머신 강변호사

가프 장편소설

3

FUSION

FANTASTIC

STORY

도서출판 청어람

승소머신
강변호사

Contents

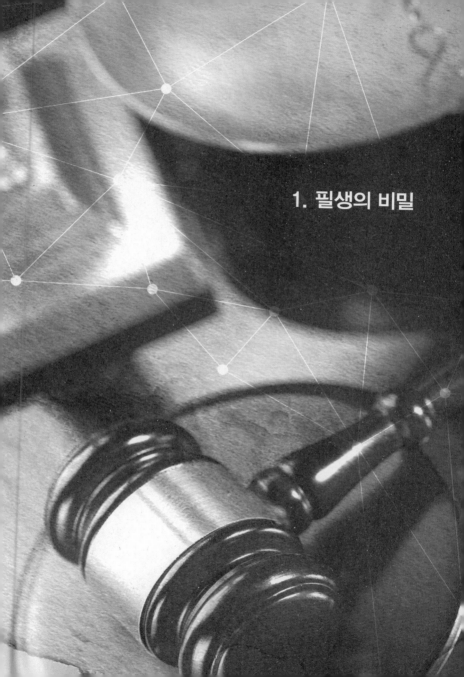

1. 필생의 비밀

다음 날, 창규가 사무실로 향했다. 이제는 오롯이 자기 힘으로 마련한 사무실. 뿌듯한 마음이 발을 잡아당겼다. 이제야 진짜 개업 변호사가 되는 기분이었다. 건물 앞에 도착하자 이삿짐센터 직원들이 보였다. 그런데… 아는 얼굴들도 보였다.

"……!"

한둘도 아니었다. 사무장과 미혜, 그리고 상길. 거기에 더해 권일범까지 있었다. 그들 역시 이삿짐센터 직원들과 섞여 소소한 서류를 나르고 있었다.

"변호사님!"

미혜가 먼저 창규를 보았다.

"뭐야? 다들 쉬라니까. 짐은 이삿짐센터에 맡기기로 결정 봤잖아요?"

창규가 울상을 지었다.

"저한테 뭐라 하지 마세요. 저는 분명히 상길 씨하고 미혜한테 쉬라고 했거든요. 그런데 자기들이 멋대로 나온 걸 제가 어쩌라고요."

"저는 연휴에 여친이 당직 걸렸다고 해서 집에서 뒹구느니 운동 삼아……."

"저는 홍콩 비행기 표가 매진이라고 해서……."

상길과 미혜까지 천연덕스럽게 둘러댔다.

"권 변은 또 왜?"

창규의 화살이 일범에게 향했다.

"저는 그냥 좋아서 와봤는데… 다들 일을 하길래……."

"으아, 미치겠네."

"변호사님, 죄송하지만 방해가 되니까 좀 비켜주시겠어요?"

서류뭉치를 안은 상길이 변죽을 울렸다.

"저도 이하동문요."

미혜도 한통속이었다.

"알았어, 알았다고."

창규가 괜한 소리를 질렀다. 표정과 달리 속내는 하늘을 날았다. 조금 미안하기는 하지만 이보다 좋을 수 없었다.

"그래, 이참에 아예 이삿짐센터로 업종 변경하자고."

창규도 백자 항아리 세트를 들었다. 어머니의 유품… 이것만은 직접 옮기고 싶었다. 실은 그래서 나온 것인지도 몰랐다.

턱!

책상 옆에 마련된 테이블에 백자 항아리를 올려놓았다. 주변이 소담해지며 마음이 차분해졌다.

"기왕 이렇게 되었으니 여기서 소개할게요. 새로 합류하게 될 권일범 변호사."

짐 정리의 막간에 창규가 권일범을 소개했다.

"미안하지만 저희끼리 벌써 인사 나눴거든요."

사무장이 웃었다.

"뭐야?"

"변호사님, 좀 비켜주세요. 바닥 덜 닦았어요."

이번에도 상길이 밀대로 창규를 위협했다.

"됐으니까 중국집에 전화나 해. 다들 자기 마음대로 나온 거니 일당은 없고 짜장면과 우동 중에서 택일이야!"

창규는 괜히 목청을 높였다.

"아, 요즘 이사하고 누가 중국 음식 먹는대요? 그거 속만 더 부룩해져요."

상길이 어깃장을 놓았다.

"그럼 뭐?"

"뭐 그래도 변호사님 명령이니까 잡채밥이나 잡탕밥 정도면?"

"알았어. 알았으니까 빨리 시키기나 해."

창규가 소리쳤다.

그렇게 개업식을 했다. 화환은 많이 들어오지 않았다. 애당초 사양을 한 까닭이었다. 보내는 사람도 번거롭고 받는 사람 역시 과시에 불과한 일. 두 번 실패는 싫었다. 이제는 오직 내실로 승부할 생각이었다.

—스타노모.

작고 아담한 현판을 걸었다. 창규 혼자가 아니라 다섯이 함께였다. 이 사무실을 끌고 가는 건 창규 혼자가 아닌 다섯. 다섯 손가락 중에 엄지가 최고지만 그중 하나라도 없으면 안 되듯이 한마음으로 가자는 취지였다.

쨍!

업무 개시에 앞서 연꽃차로 건배를 대신했다.

연꽃은 재생을 뜻한다. 부활을 뜻한다.

—승소머신으로 부활!

—긴 침체기를 거친 권일범의 부활!

창규는 모두의 부활을 기도하며 연꽃차를 원샷에 털어 넣었다.

첫번째 상담자의 내방을 받았다. 황태승이 소개한 양학수 교수였다.

양학수!

민민노련의 부위원장을 지낸 노동계의 산증인이다.

그 이름을 기억하는 건 그 사람의 열정 때문이었다. 그는 민민노련을 선봉에서 이끌었다. 굵직한 이슈 때마다 조합원을 이끌고 사용자, 정치권과 맞섰다. 때로는 최류탄 파편에 맞아 입원도 하고 물 대포에 맞아 기절도 했지만 2선으로 물러서는 날까지 언 몸으로 노동운동을 이끈 산증인이었다. 석좌교수로 초빙된 것도 그의 업적을 높이 산 대학 재단 측의 구애 때문이었다.

"안녕하십니까?"

상담실에 들어선 양학수는 특유의 백발 그대로였다. 첫 강의부터 인상적이었다. 그는 성성한 백발에 흰 고무신 차림으로 들어섰다. 몇몇 학생들의 눈이 휘둥그레졌지만 그런 시선은 곧 사라졌다. 열강 때문이었다. 강의 자체는 투박했다. 그러나 학생들을 끌어당기는 흡입력이 좋았다. 말하자면 때 묻지 않은 야성의 열강이었다.

"어서 오십시오."

창규는 정중하게 양학수를 맞았다.

몇 마디 학교 이야기가 오갔다. 황태숭 교수 이야기도 나오고 요즈음 학교의 분위기도 대화에 올랐다. 양학수는 좀처럼 본론을 꺼내놓지 않았다. 간단한 문제가 아닌 듯싶었다.

"어이쿠, 벌써 시간이 이렇게 되었나?"

한 시간 쯤 지나자 양학수가 시계를 보며 반응했다. 잔을 보니 커피가 떨어졌다. 창규가 미혜를 불러 커피를 리필시켰다.

"여직원 목소리가 좋군요?"

커피를 받은 양학수가 웃었다.

"일 처리도 그에 못지않습니다."

"황 교수가 왜 강 변호사, 강 변호사 하는 줄 알겠구려."

"예?"

"강 변호사 성품 말입니다. 주변을 빨아 당기는 힘이 있어요. 그럼에도 불구하고 과시하지 않고……."

"과찬이십니다."

"실은 나도 저 아가씨처럼 목소리가 예쁜 아가씨 하나를 알고 있다오."

양학수의 시선이 천장으로 향했다. 세월 속에서 삭혀낸 애잔함이 묻어나는 눈빛이었다.

"예……."

"이거……."

비로소 그가 사진 하나를 내놓았다. 시위 현장의 동영상에서 캡처한 장면이었다. 사람들이 많았다. 그중의 한 명이 20대 후반의 양학수였다. 화면 속 앵글에 들어 있는 사람만 수십 명. 진압경찰과 맞서는 건지 사슬처럼 뭉친 대열이었다. 자욱한 화염을 배경으로 앞으로 한 줄, 뒤로 한 줄, 또 그 뒤로 한 줄. 세 줄의 시위대는 마치 역방향 학익진을 펼치는 것 같았다.

"오래 전 노동 개혁 시위 현장 동영상의 한 장면이라오."

양학수의 목소리는 처음보다 더 담담해져 있었다. 어쩌면 테오도라키스의 슬픈 배경음악이 들리는 듯도 했다.

"여기가 교수님?"

창규가 사진을 짚었다. 단체 졸업사진처럼 작은 얼굴들. 그래도 대략 감은 왔다.

"맞아요. 이게 바로 그 유명한 어깨사슬 진군의 시작입니다."

'어깨사슬 진군?'

창규도 들은 말이었다. '어깨사슬 진군'이란 진압경찰에 맞서는 육탄 투쟁의 본보기였다.

"이날 내가 처음으로 쓴 전법이에요. 남녀가 쇠사슬처럼 하나로 뭉쳐 역 V자 대열로 진군하는 거지요. 그걸로 진압을 뚫은 게 한두 번이 아니에요. 그러다 보니 노동운동과 진압경찰이 대치하는 국면이 되면 바이블처럼 그 사진이 자료 화면으로 올라오지요."

"예……."

"이 신문사에서 종편 방송에 진출한 후에는 더욱……."

"……."

"내가 원하는 게 바로 그겁니다. 그 동영상과 그 캡처 장면이 더 이상 사이트나 매체에 올라오지 않았으면 하는… 검색에서 사라졌으면 하는……."

"배달일보사, 배달방송 데이터베이스로군요."

"맞아요. 그쪽 기자가 찍은 영상물이지요."

"신문방송사 쪽에는 타진을 해보았습니까?"

"물론이죠. 이 원본 영상과 캡처 사진들을 삭제하고 포탈에서도 검색이 되지 않게 해달라고 요청했지만……."

─거절!

양학수의 눈빛이 그 말을 대신했다.

"이유가 뭐라던가요?"

"신문기사는 역사의 한 조각이다. 영상과 사진 자체가 이미 역사적 자산이 되었다. 역사성이 있기에 삭제할 수 없다, 그거죠."

"교수님의 주장 요지는 뭐였죠? 이 동영상과 사진 때문에 입게 되는 구체적인 피해 같은 거……."

"노동 진영 반대편에 선 보수 우익의 비난과 악의적인 댓글들, 그로 인한 사생활 침해와 명예훼손의 우려가 심각하다고 주장했어요."

"논리가 추상적이군요."

"그쪽도 그런 말을 하더군요."

"제가 이쪽 소송 경험이 많은 건 아니지만 신문방송사라면 그 정도 논리로는 당해낼 수 없습니다. 그렇게 되면 신문이나 방송사는, 온갖 개별적 요구에 직면해 수많은 데이터를 삭제하거나 수정해야 할 테니까요."

"……"

"그때 변호사도 선임하셨습니까?"

"아닙니다. 내가 직접… 그리고 언론중재위원회에 제소를……"

"거기서도 조정이 되지 않았군요?"

"기각을 당했죠."

—기각!

네 주장은 일리가 없음. 따라서 재판까지 갈 가치가 없음. 간단히 줄이면 그 뜻이었다.

"그 후로 상황의 변동이 있습니까?"

"없습니다."

양학수가 대답했다. 창규는 소리 없이 날숨을 쉬었다. 세월이 흘렀다. 젊은 때는 투사였지만 그도 늙었다. 양학수는 과거가 부담스러워졌을 수도 있었다. 그래서 툭하면 여기저기 나도는 과거를 지우고 싶었다.

하지만 그런 정도로는 신문방송사의 데이터베이스를 건드릴 수 없었다. 더구나 이 동영상과 사진은, 그들의 주장처럼 역사적인 가치까지도 고려되어야 했다.

"죄송하지만 교수님……."

창규가 고개를 들었다. 안 되는 건 안 되는 일이다. 그런데 창규는 뒷말을 꺼내지 못했다. 캡처 사진을 들고 있는 양학수의 눈빛 때문이었다. 우수와 애련함이 깃든 그 눈빛은, 정말이지 뭐라고 묘사하기 어려울 정도로 아파 보였다.

'교수님……. 말 못할 사연이 있으시군.'

창규는 알았다. 양학수가 한 말은 표면적인 것이었다. 눈빛으로 보아 그가 영상과 사진을 없애야 하는 이유는 아직 나오지 않았다.

"본론이 따로 있으시군요. 제자인 제가 부담스러우면 저희 사무장과 얘기하시겠습니까?"

창규가 신중하게 말의 방향을 바꾸었다.

"아니오. 말하리다."

가만히 웃는 노 교수의 눈에 물기가 엿보였다. 창규는 마주친 눈빛을 슬쩍 피해주었다.

"이 사진."

마침내 양학수의 본심이 나오기 시작했다.

"여기 이 여자."

양학수의 손이 사진 속에서 뒤쪽 대열의 여자를 짚었다. 뒷줄이라 얼굴은 선명하지 않지만 라인은 예쁜 여자였다.

사진 속에서 양학수는 앞줄 선봉, 여자는 그 바로 뒷줄 중앙에 노랑 모자. 같은 동지였거니 했지만 특별한 사람인 모양이었다. 커피를 한 모금 넘긴 그가 말을 이었다.

"제 첫사랑 지혜선입니다. 저보다 두 살이 많았죠."

"……!"

커피 잔을 들었던 창규의 손이 허공에서 멈췄다.

첫사랑?

기막힌 장면에서 기막힌 단어가 나왔다.

"이날 시위를 마치고 돌아가는 길에 교통사고가 났지요. 이날이……."

거기서 양학수의 목이 메었다. 그는 마른침을 넘기고 뒷말을 이어갔다.

"이 사람 생일이라 시위 끝난 후에 만나기로 했는데 중간에 달려왔어요. 그래서 시위가 끝난 후 꽃다발을 사서 돌려보내고 늦은 밤에 만나기로 했는데… 가는 길에 음주운전자 차에 치여서 뇌에 이상이… 그럼에도 제가 사준 꽃다발을 손에서 놓지 않고… 결국 1년간 투병을 하다가 세상을……."

"……."

창규가 숨을 멈췄다. 짧은 침묵이 흘렀다. 양학수는 잔잔한 미소로 자신의 심경을 대신했다.

"그럼… 그 아픈 추억 때문에?"

"아직 이야기가 남았습니다."

'남아?'

"이 사진에는 없지만 동영상에는 나오는데, 현재 저와 사는 아내가 앞쪽 시위대 선봉에 있었습니다. 동영상이 풀로 나올 때면 볼 수 있습니다."

"……?"

"그때, 나는 이 사진 속 여자와 사랑이 싹트고 있었어요. 우리는 늘 둘이었습니다. 바늘 가는 곳에 실이 가듯이……."

"……?"

"이 사람이 쓰러지자 1년간 식음을 멀리하고 간병을 했습니다. 그녀에게는 가족이 없었거든요."

"……."

"그때 제 심부름을 도맡아준 사람이 지금의 아내입니다. 그때는 그냥 동지로서 돕는 줄 알았는데… 저는 혜선이를, 아내는 저를 두고 삼각 해바라기를 하고 있었던 거지요."

"……!"

"혜선이가 죽자 아내가 저를 따라다녔습니다. 오랫동안 그녀에게 눈길을 주지 않았지만 어느 취한 밤에 자포자기 심정으로 그녀를 품고 말았습니다. 우리들의 슬픈 운명이죠. 그래서 운명의 이끌림을 따라 결혼을 했습니다. 그녀를 사랑하지는 않았지만… 세월이 흐르면서 형성된 정이 사랑의 자리를 채웠습니다."

"……."

"그런 우스갯소리가 있지요. 결혼이라는 거… 내가 좋아하는 사람보다 나를 좋아해 주는 사람이랑 사는 게 좋다는……."

"……."

"제가 그랬죠. 우리 집사람에게는 제가 전부였으니까요."

"……."

"그렇게 헌신적인 아내는 살아가면서 종종 몸살에 걸렸습니다. 처음에는 몰랐죠. 오랫동안 제 마음에는 혜선이가 들어 있었으니까요. 그러다 알게 되었습니다. 아내의 몸살 원천이 바로 이 동영상과 사진이라는 걸. 그녀가 몸살이 나는 날에는 신문이나 방송에 이 동영상이 나왔다는 걸."

"……."

"어쩌면 평생을 두고 아내에게 빚을 지고 살았습니다. 그래서 이걸 치우고 싶은 겁니다. 이제는 먼 과거가 된 나의 첫사랑. 아내가 넘을 수 없는 무게를 아내의 어깨에서 내려주고 싶은 겁니다."

"아……."

창규, 심장이 시큰 아파왔다. 영혼을 관통 당한 듯한 아림이었다. 사랑이라는 것. 이렇게 빗나갈 수도, 이렇게 엮일 수도 있는 것인가.

"하지만… 이 사진상으로는 누가 누구인지 명쾌한 구분이 안 되는……."

"다른 사람에게는 그럴 수도 있겠죠. 하지만 저와 집사람은 압니다. 거기 지혜선이 있다는 것!"

"……."

"부끄럽군요. 다 늙은 주제에, 이렇게 이기적인 주제에 첫사랑 타령. 그렇기에 이 이야기는 끝내 누구에게도 할 수 없었습니다. 혹시라도 공표가 되면 언론은 물 만난 듯 상상 소설을 써댈 테고. 그렇게 되면 죽은 혜선에게도, 아내에게도 또 하나의 상처가 될 테니까요."

"교수님……."

"강 변호사……."

"예……."

"안 될까요?"

"……."

"어렵다는 거 알고 있습니다. 그런데… 왠지 강 변호사라면 싸워볼 만하다는 예감이 왔어요. 혹시 패소하더라도 미련이 남지 않을 것 같았어요."

"……."

"억지 논리죠? 안 된다고 하면 포기하겠습니다. 그 누구에게도 이 이야기를 다시 하고 싶지는 않으니까요."

양학수의 미소는 슬프도록 담담했다.

"죄송하지만 시간을 넉넉히 주신다면……."

창규가 여운을 남겼다. 동영상과 사진 한 장 삭제 건이지만 신문방송사를 상대로 하는 건 쉬운 일이 아니었다. 그렇기에 혼귀들의 힘을 빌어야 그나마 승산이 있을 것 같았다.

"역시 제가 공연히 부담을 주었군요."

"교수님."

"오늘 상담은 없던 것으로 해주세요?"

"혹시 또 다른 사연이 있으신 건가요?"

창규가 물었다. 양학수의 눈빛 때문이었다. 후련해 보이지 않은 것이다.

"그게……."

"말씀하시죠. 어차피 어렵게 꺼낸 이야기 아닙니까?"

"……."

"……."

"실은… 아내의 신경쇠약증이 아주 위중합니다. 이제는 삶의 의욕까지 떨어져 말도 잘 하지 않아요. 기적이라는 게 있다지만 의사들 말로는 얼마 못 갈 수도……."

"……."

"그래서… 이 못난 인간을 평생 사랑해 준 아내에게 마지막 선물을 주고 싶어서… 필생의 부채를 갚아야 할 것 같아서… 그래서……."

"……."

창규는 숨이 막혔다. 오랜 기간은 아니었지만 스승과 제자. 그렇기에 결코 고백하기 쉽지 않을 이야기들. 양학수야말로 창규가 만난 의뢰인 중에서 가장, 자신의 모든 것을 열어놓은 사람이었다. 그럼에도 함부로 대답하지 못했다.

―가능합니다.

―수임료가 문제입니다.

입에 발린 소리로 수임 계약을 할 수 없는 것이다.

"귀한 시간 내주어 고맙습니다."

"교수님."

일어서는 양학수를 창규가 잡았다.

"미안해할 필요 없어요."

"아닙니다. 제게 시간이 조금 필요하니 조금만 기다려 달라는 겁니다. 따로 연락을 드리겠습니다."

"강 변호사에게 괜한 부담을 드리는 거 같아서……."

"아뇨. 포기하지 마시고 기다려 주세요."

"그러죠. 고맙습니다."

양학수가 일어섰다. 창규는 그를 엘리베이터까지 배웅을 했다.

땡!

소리와 함께 엘리베이터 문이 양학수를 지워 버렸다.

삭제!

그의 고민도 이렇게 간단히 사라지면 좋으련만… 창규의 뇌리에는 엘리베이터의 땡 소리가 오랜 울림으로 남았다.

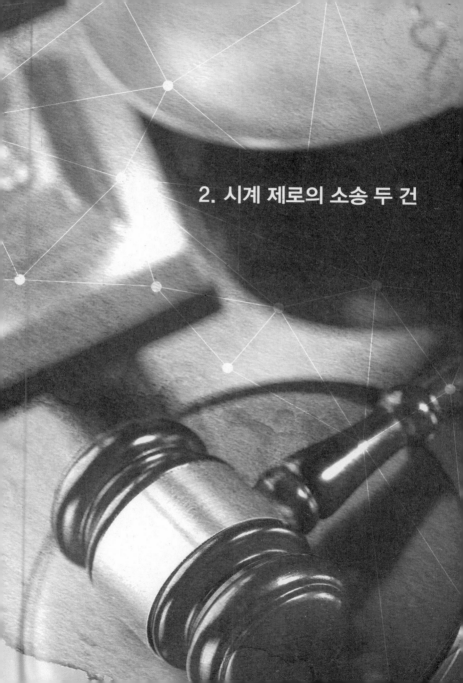

2. 시계 제로의 소송 두 건

　창규는 탁자를 바라보았다. 사무장이 선별한 상담 건과 함께 두 개의 상담 건이 눈에 들어왔다.

　—재벌가 며느리 신보라의 이혼 건.

　—양학수 교수의 잊혀질 권리 소송 건.

　창규는 두 상담 건을 만지작거렸다.

　한윤기와 나지수의 이혼 건을 처리하면서 쌍식귀 1회 사용권을 가지고 있는 창규였다. 하지만 두 개의 수임은 무리였다. 둘 다 무게가 나가는 소송이기 때문이었다.

　하지만 창규는 변호사. 쌍식귀의 능력에만 목을 맬 수 없었다. 자신감도 붙은 데다 이제는 권일범까지 가세한 상황. 한번 해볼 만하다는 생각이 들었다.

한 건은 가사, 또 한 건은 민사이기에 시차를 노려볼 수도 있었다. 최악의 경우에는 공판 기일을 끌며 혼귀들의 의뢰를 기다리는 전략도 머릿속에 그렸다.

'둘 다 수임!'

창규는 두 개의 상담 건을 다 집어 들었다.

"모이세요. 사무실 이전 '개시 변론 건' 토의, 시작합니다."

새로운 사무실에서 열리는 첫 토의. 일범과 사무장, 상길과 미혜도 고무된 채 자리를 잡았다.

"다들 주목!"

창규가 손을 들며 말했다. 네 멤버의 시선이 창규에게 고정되었다.

"다들 노아의 방주 알죠?"

노아의 방주.

누가 모를까? 종교와 상관없이 누구든 한 번은 들어본 말이었다. 창규가 계속 말을 이어나갔다.

"여러분도 아시겠지만 저는 사실 아픈 스펙이 있습니다. 연전연패에 들이댔다 하면 패소. 때로는 다 된 밥에도 코 빠뜨리는 찌질한 변호사였지요."

"……"

"하지만 여러분들을 만나면서 그 상처는 대홍수 속에 던져 버렸습니다. 이제 여기는 대홍수가 지나간 새로운 땅인 셈이죠."

"……"

"아까부터 그 생각을 했습니다. 여러분과 함께라서 행복하다고. 다른 사람이 아니고 여러분 말입니다."

"……"

"여러분의 마음과 능력을 믿으니까 긴 말 할 생각은 없고요, 딱 한마디만 하겠습니다. 무엇보다 고객에 대한 비밀엄수. 이 안에서 상담받은 내용이나 변론, 재판 과정에서 알게 되는 의뢰인의 모든 것은 절대 비밀로 엄수해 주시기 바랍니다."

"네에!"

"두 번째는 신뢰입니다. 여길 다녀가는 모든 분들이 신뢰를 느낄 수 있도록 부탁드립니다."

"네엡!"

"이전 후 개시 소송은 두 건입니다. 하나는 쟁쟁한 재벌가의 며느리 이혼 의뢰고요, 또 하나는 대학 교수님의 잊혀질 권리에 대한 소송……"

회의를 마치고 일범을 따로 불렀다. 채용 조건에 대한 계약 때문이었다.

8천에 인센티브!

하지만 마음은 1억을 지르고 싶었어.

창규의 말을 들은 일범은 숨이 막혀 대답을 못했다. 연봉 5000 정도 생각하던 그였다. 그렇기에 분골쇄신을 각오하는 일범이었다.

신보라와 양학수!

두 사람의 의뢰로 '스타노모' 시대를 열었다. 당장 쓸 수 있는 쌍식귀 카드는 하나. 하지만 일의 추이로 보아 어느 하나를 선뜻 정하기 어려운 상황이었다.

돈 밝히는 변호사라면 신보라의 의뢰가 먼저였다. 무려 재벌과 벌이는 쟁송이다. 못 떨어져도 1억은 가뿐히 넘을 사안이었다.

하지만 인간적인 면으로 보자면 양학수 쪽이었다.

'어렵네.'

선택은 법원의 공판일정에 맡기기로 했다. 어느 건이든 먼저 일정이 잡히는 쪽에 '카드'를 쓸 생각이었다.

─쌍식귀 카드 1회 사용권.

─먼저 잡히는 공판에 사용.

그런데…….

가능할까? 창규 마음대로 조절이 되는 걸까? First come first out이라고 먼저 수임된 것에 가능한 것 아닐까? 살짝 의문이 들었지만 진행하는 수밖에 없었다.

일단 소가 제기되었다.

여기서 일범의 재능이 꽃을 피웠다. 소장 작성은 가히 달인 급이었다. 막변과 블랙으로 보낸 시간이 그에게는 내공 축적과도 같았던 것이다.

신보라의 소 제기를 받은 차재윤 쪽은 다음 날로 변호사 진용을 밝혔다. 이미 만반의 준비를 했다는 뜻이었다.

"……!"

"으악!"

명단을 파악한 권일범과 사무장은 벌린 입을 다물지 못했다. 비명까지도 나왔다.

"어마무시한 변호사들이에요?"

목을 뺀 상길의 시선도 굳었다. 그 명단이 창규에게 건네졌다. 변호사들은 '정태대김지율화'로 매겨진 로펌 서열의 맨 꼭대기에 자리한 법무법인 정앤김의 간판들이었다.

"좋네."

창규가 웃었다.

"선배님."

일범의 이마에는 식은땀이 흥건했다.

"왜? 그럼 펑펑 울까?"

"그건 아니지만……."

"첫손에 꼽히는 로펌 정앤김에서 이혼 전문 변호사 두 명, 가정법원장 출신 하나에 얼마 전에 옷 벗은 서울지법 부장

판사라……."

"……"

"빵빵하다 못해 폭발 직전인데?"

"선배님……."

"그래봤자 넷이야. 우리도 둘이니까 2 대 1이잖아?"

"게다가 내정된 판사들도 정앤김 변호인단에 우호적이라는 소문이……."

"그럼 우리한테 우호적이겠어?"

"……"

"너무 부정적으로만 생각하지 마. 소장부터 쫀득했잖아? 우리가 만만하지 않으니까 분위기를 이렇게 모아가는 거야. 우리가 잔챙이로 보였다면 한 명 정도로 맞섰을 거잖아. 안 그래?"

"소장이야 내세울 게 없지만 선배님은 충분히 그렇지요."

일범이 긴장을 풀며 웃었다. 어찌 보면 이미 짐작하던 일이었다. 차재윤은 대한민국 10등 안에 꼽히는 재벌 그룹의 2세 경영자. 그런 그가 앉아서 뒤통수를 맞을 리 없었다. 더구나 신보라는 어린 딸의 친권과 양육을 요구하고 있었다.

차재윤은 당연히 거절했다. 믿는 구석이 있다. 일반적인 상식으로는 유책 배우자인 차재윤은 자녀의 친권과 양육을 가질 수 없다. 하지만 법의 판단은 다르다. 친권과 양육은 유책 배우자냐 아니냐를 떠나 자녀 복리를 기준으로 삼는다. 그렇기에 법정까지 끌고 간 것이다.

1) 쟁쟁한 집안이자 재력의 차재윤.

2) 한때 스타였다지만 한 사람의 자연인에 지나지 않는 신보라.

누가 더 아이의 성장에 유리한 복리에 제공할 수 있을까?

당신의 생각은?

대다수가 1번에 쏠릴 것은 자명한 일이었다.

물론 이 즈음까지는 창규가 적극 개입을 하지 못했다. 신보라가 차재윤과 각을 세우며 이혼 조건을 조율할 때 창규는 한윤기 원장 이혼 건에 매여 있었기 때문이었다.

상대 진용의 초특급 변호사 4명.

이 정도라면 아무리 못 줘도 3억 정도는 배팅했을 일이다. 최상의 진용을 꾸리는 데는 기선 제압의 목적도 있었다.

개인 사무실 변호사 VS 로펌의 초거물급 변호사 군단.

여기저기서 전화부터 쏟아질 일이다.

—아무개 변호사야, 백기 들어라. 죽었다 깨어나도 못 이긴다.

—그중에 내 지인이 있는데 적당히 명분이나 세우게 해줄까?

—깝치다가 한방에 훅 간다.

협박과 회유까지 날아올 일이다. 그것만 전문으로 하고 다니는 '마춘봉'이라는 선배도 있었다. 변호사 등치는 빈대다. 이런 인간들이 조율에 나서면 수임 변호사조차 의뢰인을 옥조

일 수도 있었다.

　―이 소송 승산 없습니다!

　―적당한 선에서 조정안 받아들여야겠어요.

　적당한 선이 아니다. 이런 마당에, 판사들 성향까지 그쪽 편향이라면, 조정안조차도 극단으로 기울어질 수 있는 게 현실이었다. 또 하나의 극단은 기자들이었다. 소 제기가 알려지자 수십 명이 쳐들어왔다. 상길과 사무장이 나서 육탄으로 밀어냈다. 그래도 가지 않아 변호인으로서의 의례적인 의견서를 내주었다. 일범의 문장이 좋아 그럭저럭 먹혔다. 초장부터 혼이 빠지는 소송임에 틀림이 없었다.

　그런데…….

　그다음에 날아온 양학수의 상대방 변호인단 명단이 또 한 번 혼을 빼버렸다. 배달일보의 변호인 또한 호화찬란한 진용의 극치였다. 국내 로펌 중 초상위권에 꼽히는 태종의 이름이 올라온 것이다.

　그런데…….

　이번에는 직원들이 놀라지 않았다.

　"응?"

　"세게 나오는데?"

　"부장판사급이 몇이야?"

　담담한 반응이다. 신보라 건에서 면역이 된 까닭이었다. 이래서 관록이 무서웠다.

어차피 각오한 마당. 쟁점에 대한 준비를 끝낸 창규와 일범은 납품 서류에 박차를 가했다. 두 경우 모두 승산은, 히말라야 꼭대기의 산소량처럼 희박했다.

신보라의 경우, 남편인 차씨 집안이 너무 찬란했다. 아직도 곳곳에 남은 남성 중심의 사회 분위기. 거기에 더불어 차재윤 일가의 영향력. 친권과 양육에서 모두 차재윤의 손을 들어줄 가능성이 높았다.

의뢰인으로써 신보라가 원하는 건……

―첫째, 이혼.

―둘째, 열 살 딸의 친권과 양육권.

―셋째, 30억 원의 위자료와 5천억 상당의 재산 분할권.

사안으로 볼 때 달성 가능한 건 첫째 항목뿐이었다. 둘째 항목은 거의 불가능, 셋째는 일부 가능. 하지만 신보라가 원하는 건 1, 2항이었다. 3항은 1, 2항의 쟁취를 위해 조금 세게 적었다. 창규와 신보라의 전략이었다.

"다른 건 몰라도 딸의 친권과 양육권만은 부탁드립니다."

신보라는 그 하나만을 강조했다. 창규 앞에서 눈물도 뿌렸다.

"말씀드렸지만 그 사람은 딸을 키울 자격이 없습니다. 제가 알고 속아준 여자만 해도 넷이에요. 아이에게 잔정도 없어 안아준 기억도 거의 없습니다. 그 사람은 아버지라는 권위와 돈으로만 아이를 이끌 겁니다. 최근에 국가적 문제가 된 정권 실세의 외동딸 이야기 아시죠? 그 재판(再版)이 될 겁니다. 저는 아이가 돈과 가문이라는 이름의 노예가 되길 원하지 않습니다."

—정권 실세 외동딸.

—가문이라는 이름의 노예.

마음에 와닿았다.

신보라는 재벌집 며느리 같지 않았다. 반듯했고 겸손했다. 차재윤의 잦은 외도와 무관심, 그래도 묵묵히 집안의 며느리 역할을 했던 그녀. 그러나 그 세월의 하중이 늘어나자 무게를 이기지 못하고 마음이 돌아선 것이다.

그녀는 양학수처럼 진솔했다. 쌍식귀를 발현하지는 않았지만 느낄 수 있었다. 오히려 차재윤의 인간 이하의 행동은 입 밖에 내지 않았다. 이유가 어쨌든 함께 살을 섞은 사람. 그 얼굴에 침을 뱉으면 절반은 자신의 얼굴에 떨어진다는 걸 잘 알고 있었다. 그래서 더 이겨주고 싶은 창규였다.

다음은 양학수 건.

양학수의 경우에는 패소 예정이었다. 판례를 뒤져본 결과도 그랬다. 소송의 대상이 신문사의 영상이다. 사회적인 이슈로써 보도된 데다 등장하는 인물만 수십 명에 달했다.

게다가 삭제를 요청하는 이유도 추상적.

—사생활 침해.

─정신적 고통.

뭐가?

어떻게?

그래서 피해는?

증명은?

구체성이 결여된 것이다.

법은 추상을 좋아하지 않는다. 사생활이 어떻게 침해되었
다는 건지, 어떻게 정신적 고통을 받고 있다는 건지 물증으로
보여야 했다.

잊혀질 권리가 처음으로 부각된 유럽의 예도 그랬다. 요청
은 증가하지만 속시원하게 해결된 사례는 그리 많지 않았다.
더구나 동 청구는 언론중재위에서도 기각을 한 사안. 절대 불
리의 한 단면이었다.

판례 찾기를 중단하고 영상을 보았다. 수십 번 보았다.

영상과 캡처 사진의 구도도 유리하지 않았다. 예컨대 양학
수만 극단적으로 클로즈업되었다든지 하면 얘기가 달랐다. 수
치 같은 게 드러난 상황이라면 반전을 꾀할 수 있었다. 하지
만 사진 속에 찍힌 인물들의 얼굴 크기는 오십보백보였다. 양
학수에게는 말할 수 없는 사연이 있다지만 그건 공개할 수 없
는 것. 공개한다고 해도 비웃음만 살 것……

─절대 불가.

신문사의 의견서는 단호했다. 그렇기에 애당초 막강한 로펌을 고른 것이다. 상대는 노동운동의 산 증인으로 불리는 한 사람이자 현직 대학교수. 그렇기에 유사한 소송의 미연 차단까지 고려한 반응이었다.

사무실 직원들조차 양학수 소송에 큰 기대를 갖지 않았다. 당장은 신보라 이혼소송이 더 이슈였고 상대할 변호인단도 더 어마무시했기 때문이었다. 게다가 그들은 양학수의 애절한 사연을 몰랐다. 아는 건 그가 창규 모교의 교수이자, 창규 스승의 소개라는 것뿐.

그런데…….

기묘하게도 양학수 재판 일정이 먼저 잡혀 버렸다. 그것도 딱 6일 차이였다.

인생이라는 거…….

종종 이렇게 돌발 상황을 만들어 버린다.

승산이 박한 양학수 건에 쌍식귀 사용권을 뽑아야 할 판이었다.

3. 꼼수 계약서의 반전

'푸헐!'

창규의 입에서 단내가 새어나왔다. 창규 스스로 정한 법칙.

이렇게 되면 신보라 사건이 궁지에 몰린다. 조정도 그렇고 선고도 그렇다. 만약 판사의 조정을 받아들이지 않고 선고까지 가게 되면 더 나쁜 결과가 나올 수도 있었다. 이런 경우라면 항소를 해도 반전을 가져오기 어려운 일이었다.

'일단 양학수 소송에 올인.'

창규의 결단은 빨랐다. 양다리는 필패에 가깝다. 그렇다면 눈앞의 소송부터 승소를 만들어야 했다. 이 또한 68패 동안 깨달은 노하우였다.

법원 홈페이지를 열었다. 사건 진행 내용을 확인했다. 소송을 제기한 이후로의 소장 공방이 한눈에 들어왔다.

―열람 복사 신청.

―변호인 지정서 제출.

―의견서 제출.

―기타 참고 자료 제출.

화면만 보면 배달일보사의 압승이었다. 진행 내용 칸을 거의 장악한 로펌이었다. 로펌과 언론사의 유리한 자원을 최대한 활용하고 있는 것이다.

쟁점은 수십 년 전의 시위 현장 동영상 원본과 캡처 사진 삭제.

언뜻 보면 별일도 아닐 것 같은 사안임에도 첨예한 대립 각이 느껴졌다.

영상의 저작권은 신문사 소유였다. 당시에는 방송에 진출하지 않은 까닭. 따라서 배달신문사를 상대로 낸 소 제기였다.

신문사의 머리에는 편집국장이 자리하고 있다. 그 위에 사주가 있다. 조물주 위에 건물주가 있다는 말처럼 신문사에서는 사주의 영향력이 절대적이었다. 더구나 편집국장은 사주의 조카였다.

신문사의 주장은 단 한 줄이었다.

―취재와 보도 과정에 있어 그 어떤 하자도 없는, 통상적인 언론사의 보도 활동이므로 원고의 청구는 '절대' 받아들일 수 없음.

"지금 우리 신문사 분위기야."

그 신문사에 근무하는 도병찬 기자의 조언이었다.

―계란으로 바위 깨기.

답은 신속 간단하게 나왔다.

그렇다면,

계란을 특별하게 만들어야지.

창규의 머릿속에 계란이 와글거리기 시작했다.

모든 게 암울한 건 아니었다. 외국의 판례를 뒤지다 눈에 띄는 사례 하나를 찾았다. 한 유명인의 아들이 낸 소송이었다. 그의 선친은 공원 개발자였다. 많은 도시 공원 조성에 기여했지만 적도 많았다. 개발로 인해 보금자리에서 쫓겨난 빈민들이 그랬다.

공원 개발이 이슈가 될 때마다 그의 아버지가 화두에 올랐다. 사진이 나왔다. 그를 기억하는 빈민들의 악플이 뒤따랐다. 아버지를 존경했던 아들, 도시 개발에서 필연 필요한 공원을 조성한 아버지가 난도질당하는 게 싫었다. 결국 정신과 치료를 받던 끝에 이의를 제기했다.

―아버지의 사진을 삭제해 주세요.

미국 유수의 언론사는 당연히, 그 요청을 거절했다. 아들이 정식 소송을 걸었다. 언론사의 변호인단 역시 당연히, 불가로 맞섰다. 이때 아들의 지혜가 빛을 발했다.

사진 대신 캐리커처.

그 대안이 판사의 마음을 움직였다. 아들이 정신과 치료를 받은 것도 고려가 되었다. 사진은 신문사 데이터베이스에서 삭제되었다. 다음부터는 공원 개발이 이슈가 되면 캐리커처가 나왔다. 악의적 댓글이 사라졌다. 캐리커처는 그림이라 사진보다 파괴력이 약했던 것이다.

'캐리커처라……'

법원에 제출하는 의견서에 붙여 넣었다. 물론 양학수와는 사례가 달랐다. 하지만 차선, 차차선의 전략까지도 세워야 하는 창규였다. 삭제가 받아들여지지 않는다면 삭제에 버금가는 대안이 필요했다.

1) 사주.

2) 편집국장.

3) 대표 변호인.

결정권을 가진 세 사람을 차례로 머리에 넣었다. 셋을 분석하면 대안이 나올 것으로 기대했다. 검토하지 못한 자료는 보따리에 쌌다. 그걸 집어 드니 판사처럼 보였다. 많은 자료들이 파일로 변하고 있다지만 종이는 여전히 유용했다. 파일을 출력하면 서류가 되는 것이다.

─파일〉화면 확인〉끝.

디지털의 희망이었다. 하지만 현실은 다르게 나타났다.

─파일〉인쇄로 출력〉확인〉끝.

디지털을 매개체로 쓰지만 확인은 종이로 하는 풍토는 여전히 진행형이었다.

꿈을 꾸었다. 버스 안이었다. 그런데 승객들이 전부 하얀 항아리였다. 창규를 둘러싼 항아리들은 가느다란 줄기로 창규에게 날아들었다.

"악!"

비명을 지르지만 소리가 나지 않았다. 줄기는 창규를 관통해 나갔다. 뚫고 나간 줄기들은 창규 뒤편에 가지런히 쌓였다. 휑하니 뚫린 가슴은 천천히 메워졌다. 창규가 돌아보았다. 창규를 뚫고 나간 물체들이 거기 있었다. 모두 30개였다. 창규의 시선을 받자 그것들은 황금덩어리로 변했다.

모두 30개의 황금덩이.

'골드?'

손을 대자 황금덩이는 똥으로 변했다.

'으악!'

순식간에 똥의 바다가 된 황금. 똥 물결에 휩싸인 창규가 비명을 질렀다.

"여보!"

구세주 같은 목소리를 타고 겨우 눈을 떴다. 아내 순비였다. 꿈이었다.

"후우!"

침대 모서리를 잡고 안도의 숨을 쉬었다.

"꿈꿨어요?"

순비가 물었다.

"응? 응⋯⋯."

"아기 같아요."

순비가 웃었다.

"응?"

"비명지르며 버둥대는 모습. 승하랑 완전 붕어빵이었어요."

"내가 그랬어?"

"무슨 꿈꾸었는데요?"

"황금 꿈. 아니 똥 꿈?"

"똥 꿈요?"

"처음에는 황금이었는데 내가 만지니까 똥으로 변해서 나를 덮쳤어. 그래서 거기 빠져서 허우적거리다가⋯⋯."

"길몽이네요."

"길몽?"

"예전에 우리 할아버지가 그랬어요. 똥에 빠지는 꿈은 길몽이라고."

"그래?"

"좋은 일 생길 거예요. 아직 새벽이니 조금 더 자세요."

순비가 누웠다.

'길몽?'

그 꿈이 길몽이라면… 혼귀왕들의 의뢰나 떨어졌으면…….

더도 말고 하나만…….

그럼 두 건의 수임을 화끈하게 밀어붙일 수 있을 것을…….

갑으로 군림하는 자들에게 빅엿을 먹일 수 있을 것을.

잠이 오지 않았다. 조용히 일어나 서재로 갔다.

두둑을 꺼내들었다.

혼귀왕들에게 확인할 것이 있었다.

두웅후웅!

두둑의 소리는 심연의 심금을 울렸다. 소리의 끝을 물고 혼귀왕들이 등장했다. 둘은 안개 위에서 선명했다.

"우리를 불렀느냐?"

몽달천황의 소리가 먼저 나왔다.

"여쭤볼 게 있어서요."

"말하거라."

"세번째 의뢰 성공에 대한 보너스 찬스 때문입니다."

"그게 왜?"

"지금 제가 중요한 소송 두 개를 위임받았는데 혹시 그 힘을 나누어 쓸 수는 없을까요?"

"불가!"

몽달천황이 잘라 말했다. 말에 한기가 서린 것을 보아 다시 물어도 소용없을 듯싶었다.

"그렇다면 어디에 쓸지 제 마음대로 결정해도 되나요? 아니면 두 분께서 정하는 건가요?"

"결정은 네 마음에 달렸다."

"혹시……."

아련한 연기 위에 생생한 두 혼귀왕. 창규는 조심스레 질문을 이어갔다.

"땡겨 쓰기 같은 건 안 되는지요. 예약 사용 말입니다."

"땡겨 쓰기?"

"인간들 식으로 말하자면 신용 결재라고도……."

"간단히 말해서 외상?"

몽달천황이 의표를 찔러왔다.

"동의어일 수도……."

"불가!"

"야박하군요."

"혼귀는 신용카드를 쓰지 않으니까."

몽달천황이 못을 박았다.

Buy one get one free!

하나 해결하면, 오직 한 건에 대해 능력 사용 허용.

혼귀들의 계산법은 명쾌했다.

"그럼 다음 의뢰를 좀 빨리 연결해 주시면……."

차선책을 말했다. 육경욱과 한윤기의 동시 의뢰처럼 연결이 된다면 반전을 노려볼 수 있었다.

"원한다면 지금 당장에라도 가능하다만."

"정말입니까?"

창규가 반색을 했다.

"서두르면 체하는 법, 후회하지 않을 자신이 있느냐?"

"이미 계약이 된 일인데 새삼스럽습니다."

"좋다. 그럼 4분 안에 새 의뢰가 도착할 것이다. 또 보자꾸나."

그 말과 함께 혼귀왕들이 희미해졌다.

4분?

전격적이었다. 하지만 지금 창규의 위치는 서재 안. 여기라면 혼귀왕들이 보내는 흔적을 확인할 길이 없었다.

'텔레비전?'

창규의 머리가 팽이처럼 돌았다. 아무래도 그게 맞을 것 같았다. 거실로 나가 텔레비전을 틀었다. 아내와 딸을 위해 소리는 없애 버렸다.

"……?"

벽의 시계를 보니 3분이 지났다. 하지만 화면의 출연자들 얼굴에 破는 보이지 않았다.

'이 채널이 아닌가?'

연예인들이 떼거지로 출연하는 화면으로 돌렸다.

3분 25초.

보이지 않았다.

정치인들이 장르 소설보다 더 재미난 상상 소설을 써댄다 는 종편으로 바꾸었다.

3분 45초.

보이지 않았다.

'뭐야?'

50초가 되자 초조감이 밀려왔다. 거짓말을 할 혼귀들은 아 니었다. 그때였다. 시계를 보려고 들어 올린 창규의 시선. 그 시선이 전신거울에 닿았다. 순간, 창규는 손에 든 리모콘을 떨구고 말았다.

'억!'

비명을 지른 창규, 어쩌지도 못하고 파르르 떨었다. 비틀 일 어나 거울을 향해 걸었다. 거울이 가까워졌다. 거울에 비친 얼굴을 향해 손을 내밀었다. 글자가 보였다.

破!

파혼의 주홍글씨가 새겨진 곳은 창규의 볼이었다.

'이… 이거……'

머리를 쪼아대는 패닉과 함께 침실문을 열었다. 확인할 게 있었다.

"……!"

창규의 온몸 털이 바늘처럼 일어섰다. 보였다. 잠든 아내 순비의 볼. 그곳에도 破가 또렷하게 꿈틀거리고 있었다.

"여보?"

기척을 느낀 순비가 바로 눈을 떴다.

"응? 응……"

"또 꿈을 꿨어요?"

"아, 아니… 나 판결문 검토할 게 있어서… 더 자."

창규는 문을 닫고 나왔다. 그런 다음 미친 듯이 서재로 뛰어들었다.

"이봐요!"

급한 마음에 어둠에 대고 소리쳤다. 혼귀왕들의 흔적은 보이지 않았다. 두둑을 잡고 불었다 .소리가 나지 않았다. 급한 마음에 거꾸로 잡은 것이다.

두웅후웅!

다시 불었다. 소리가 났지만 혼귀왕들은 나타나지 않았다.

'뭐야?'

초조한 마음을 달래며 한 번 더.

후우웅두두웅!

몇 번을 반복하자 벽 모서리에서 푸른 안개가 피었다.

"또 웬일이냐?"

이번에도 몽달천황의 목소리가 대표로 나왔다.

"몰라서 묻습니까?"

"뭘?"

"수임 004 말입니다."

"004?"

"네 번째 수임요!"

"아, 그거… 네가 원하는 대로 해줬지 않느냐?"

"이봐요!"

창규의 목소리가 올라갔다.

"여제 님도 함께 들었지 않습니까? 빨리 의뢰를 찍어달라고… 후회하지 않는다고?"

"들었죠."

왕신여제는 태연히 맞장구를 쳤다.

"말도 안 되는… 그게 왜 저란 말입니까?"

"왜? 변호사는 이혼하면 안 된다는 법이라도 있나?"

"그런 건 아니지만……."

"자네, 우리 이름으로 기부를 하고서 공덕을 베풀어줬다고 착각하고 있나본데 ,자네는 우리 수임에 따르기만 하며 되는 걸세. 자네 부부도 분명히 금슬이 남다르지 아마?"

"……!"

그 말에 창규가 한풀 꺾였다.

—천상배필을 깨라.

혼귀들의 지상 명제… 똥 된장 구분 못 하고 애정을 과시하는 것들은 눈꼴시니까 파경으로 몰아라. 계약 조건으로 본다면 창규 부부 또한 표적이 될 수 있었다.

"착각 아닙니다. 분명히 약속했지 않습니까? 참된 사랑이 아니라 위선적이고 과시적인 커플들에게만 낙인을 찍겠다고."

"자네 부부는 참사랑이다?"

"물론이죠."

"정말 그럴까?"

몽달천황의 목소리가 음산하게 늘어졌다. 창규는 고개를 흔들어 정신 줄을 바로 잡았다. 정신 바짝 차려야 하는 순간이었다.

—정말 그럴까?

그 한마디에 인간으로서의 불안과 의심이 살아났다. 창규는 주춤 자기 자신을 돌아보았다.

결혼 전.

세상에 태어나 순비가 첫 여자는 아니었다. 다른 여자에게 동정을 바친 것이다. 그러나 그건 성에 대한 호기심이 왕성하던 청소년기에 일어난 일이었다.

결혼 후.

이야기가 달라졌다. 찌질한 변호사였지만 더러 비싼 술집에 간 적이 많았다. 술에 취하면 절반은 벗은 여자들이 유혹의 추파를 던지기도 했었다. 창규의 타이틀은 변호사. 나가요 걸들 입장에서는 사자돌림인 남자를 엮으면 명품이라도 하나 건질 줄 알고 기대한 공세였다.

두 번은 모텔에도 갔다. 한 번은 친구놈의 허세였다. 여자가 먼저 와서 반나체로 대기하고 있었다. 여자가 창규 품에 안겼다.

'윽?'

과거의 치부에 인상이 찡그려지던 창규, 다시 얼굴이 피어났다. 다행히, 술에 떡이 되어 오바이트부터 작렬했다. 여자의 가슴팍이었다. 그대로 침대에 쓰러져 잠이 들었다. 잠이 깨니 정오 무렵이었다. 오바이트 테러를 겪은 여자는 사라지고 없었다.

두 번째 역시 폭탄주에 맛이 간 상황이었다. 대표 변호사가 지청 검사 둘을 불러 마련한 자리였다. 접대 자리가 되다 보니 오버를 했다. 그날도 나가요 걸이 붙었다. 여자가 적극공세로 나왔지만 몸살 기운 덕분에 똘똘이가 일어나지 않았다. 덕분에 불발이 되었다.

그것 외에도 크고 작은 것들이 마음에 밟혔다. 의뢰인으로 왔던 모델 지망생이 그랬다. 그녀는 늘 타이트한 원피스 차림이었는데 다리까지 꼬았다. 상담실에서 단둘이 상담을 하다 보면 수컷의 본성이 살아나기도 했다.

그 사무실에 근무하던 곽 양도 그랬다. 그녀는 짧은 스커트 파였는데 점심시간이면 상담실에서 오수를 즐겼다. 어쩌다 시간을 넘겨 깨우기라도 하려면 허옇게 드러난 허벅지와 속옷 때문에 창규 사타구니에 신호가 온 게 한두 번이 아니었다.

그리고 순비.

그녀가 조신한 것은 알고 있지만 인간인 창규가 그녀의 모든 것을 알 수 있을까? 한 집에 사는 쌍둥이도 비밀과 사생활이 다른바에 스무 살이 넘어서 만난 순비에게 과거가 있을 수도 있었다. 더구나 창규, 혼귀들의 수임을 해결하는 동안 상상 이상의 결과를 보지 않았던가?

"흐음, 이제 수긍이 가는 표정이군."

몽달천황이 음침한 미소를 머금었다.

"아닙니다!"

창규가 잘라 말했다.

"자네 부부는 참사랑이다?"

"참사랑의 기준이 무엇인지는 모릅니다. 하지만 소소하게 한눈을 판 것 외에 부부의 도리를 벗어난 적은 없다고 생각합니다."

"자네 처도?"

"예."

"맹세할 수 있겠나?"

"예!"

"아아, 깊이 생각하고 대답하시게. 혼귀국 법에 있어 맹세란 대가를 동반하고 있다네. 자네의 맹세가 거짓이라면 지난번 고태산에서 유보한 형 집행에 돌입할 걸세. 이번에는 자네 처까지 딸린 일이니 사이좋게 처리해 주겠네."

"……!"

창규의 등골이 오싹해졌다. 지난번에 보류한 집행의 시작은 거세… 그것은 곧 주검을 뜻하는 말이었다. 거기다 아내까지? 그럼 승하는?

쉿!

"다시 묻겠네. 맹세할 수 있겠나?"

"……"

"자신 없으면 수임 착수하게나. 보아하니 쌍식귀의 능력이 궁한 모양인데 아주 맞춤한 수임 아닌가? 자네가 당사자이니 이혼 서류 가져다 서로 도장만 찍으면 될 일."

"맹세하겠습니다!"

창규가 결단을 내렸다. 창규는 순비를 믿었다. 창규의 소소한 한눈팔이가 문제가 된다면야 면목 없는 일이지만 순비는 문제가 없다고 믿었다.

"그럼 이 거울을 보게나. 자네 말이 맞다면 투명하게 보일 것이오, 아니라면 볼에 육욕의 불덩이가 타오를 것이니."

몽달천황이 허공에 원을 그리자 그대로 청동거울이 되었다. 창규가 얼굴을 비췄다. 얼굴은 천천히 형상을 갖춰갔다.

'순비……'

창규는 감았던 눈을 단숨에 떴다. 해준 것도 없는 여자였다. 자신을 위해 모든 걸 바친 여자였다. 심장과 신장이 나쁘면서도 내조에 소홀하지 않은 여자였다. 동시에 빌었다. 문제가 있다면 창규 자신이기를…….

"……!"

눈을 뜬 창규가 주춤 물러섰다. 거울은 온통 붉은색이었다.

'이럴 수가?'

황당한 마음에 혼귀왕들을 바라보았다.

"내가 제대로 찍었나?"

몽달천황이 거울로 시선을 돌렸다. 그러더니 실망스러운 목소리로 중얼거렸다.

"아무것도 없네?"

없어?

창규가 확인에 들어갔다. 거울 전체를 불태우던 붉은빛. 그건 낙인이 아니라 신기루였다.

'후아!'

안도의 숨이 거칠게 밀려나왔다. 순비에게도 이상은 없는 것이다.

"고문 변호사를 왜 놀리고 그러세요?"

관망하던 왕신여제가 입을 열었다.

"우물에 와서 숭늉을 찾으니 그러지 않습니까? 때가 되면 어련히 알아서 찜해줄 텐데 계약에도 없는 사안을 가지고 보채대니……."

계약!

그 단어를 듣자 흩어졌던 정신 줄이 제 자리로 돌아왔다.

'맞아. 계약이 있었지…….'

창규는 비로소 가슴을 쓸어내렸다. 느닷없이 찍힌 破 덕분에 잠시 망각의 강에 빠져 버린 창규. 이제야 계약서에 끼워넣은 조항을 떠올린 것이다.

"계약서를 말씀하시니 생각이 났는데 방금 행사하신 의뢰는 사실 계약 위반입니다."

"뭐라? 위반?"

몽달천황의 입에서 서리가 새어나왔다.

"예."

"뭐가 위반이란 말이냐? 계약서를 쓸 당시 인륜이 어쩌고 천륜이 저쩌고 하는 통에 가식적이고 위선적인 커플로 한정했지만 너희 부부 또한 혼귀들 입장에서는 마땅치 않거늘."

"계약서 제132조 3항을 보시죠."

"132조?"

혼귀들은 찌푸둥한 표정으로 계약서를 펼쳐놓았다.

"거기 보시면 제 직계 존속과 비속에 대한 의뢰는 금지되어 있습니다. 찾으셨습니까?"

"……!"

혼귀왕들이 경기를 했다. 그때 창규가 기지를 내어 삽입한 조항이었다. 천상배필이 어쩌고 하자 아내가 먼저 떠올랐던 것이다. 창규 부부도 그런 말은 자주 들은 까닭이었다. 그래서 기지를 발휘해 끼워 넣었던 몇 가지 안전장치… 급한 마음에 감쪽같이 잊고 있었던 것이다.

당황하지 않았다면 처음부터 이의 제기를 했을 테지만 창졸간의 일이다 보니 이제야 떠오른 것. 떠오르고 보니 입이 저절로 올라갔다. 잘하면 신보라 건에도 쌍식귀 리딩을 써먹을 수 있을 판이었다.

"이, 이런 게 있었네? 왕신여제님은 보셨습니까?"

"저는 계약서 난독증이 있다고 말했잖아요."

"그건 나도 마찬가지라… 게다가 이렇게 깨알처럼 박아놓은 조항이니……."

혼귀왕들은 서로를 바라보며 진땀을 쏟았다.

"그런데… 약관 공지라는 게 있다고 들은 거 같은 게 그것 위반 아니냐?"

몽달천황이 이유를 찾아댔다.

"저는 당시 비몽사몽 결계 속이라 제정신이 아니었고… 그래서 누차 말씀드렸습니다. 꼼꼼히 살펴보시라고……."

"그런 말을 한 것 같기는 한데……."

"허어, 거참……."

혼귀왕들은 서로 난색이 되었다. 인간 앞에서 체면을 왕창 구긴 것이다.

"미안하게 되었네."

오래지 않아 몽달천황이 사과를 해왔다.

"고맙습니다만 계약은 계약이니……."

창규가 슬쩍 힘을 주었다.

"계약?"

"그 아래 보시면 그 조항을 위배했을 시의 옵션이 붙어 있을 겁니다."

"직계존비속 조항을 어기면 지하철과 버스의 무임승차 기준에 의해 보상한다?"

몽달천황이 한 줄을 읽었다.

"그렇습니다."

"지하철과 버스 무임승차 벌칙기준이 뭐냐?"

"30배 벌금입니다."

"뭐라? 30배? 3배도 아니고?"

"……."

"저런 날강도를 봤나. 무임승차를 하면 두 배 정도 받으면 되지 왜 30배란 말이냐?"

몽당천황과 왕신여제가 펄쩍 뛰었다.

"그건 제가 만든 법이 아니니 제게 뭐라 하지 마십시오."

"그러니까… 우리가 변호사에게 30배를 보상해야 한단 말 이냐?"

"심정적으로야 야박하게 굴고 싶지 않지만 계약은 계약인데 다 혼귀국 왕의 신분들이시니 체통상 어기실 수도 없지 않습 니까? 어느 나라건 국왕의 이름으로 한 약속은 중요한 일입니 다."

"그럼 이 경우에는 30쌍을 찍어달라는 말이냐?"

"30쌍 해결한 것을 뜻하는 겁니다."

"30쌍 해결?"

30!

꿈 속 30개 황금덩이의 숫자가 여기서 들어맞았다.

푸헐!

혼귀왕들의 입에서 풀썩 안개가 밀려나왔다.

"계약에 의한 것이니······."

창규는 겸허한 척 변죽을 울렸다. 사실 배상 조항을 두고는 고민이 많았었다. 그걸 적시할 때도 제정신이 아니기 때문이었다. 머리에 떠오른 건 달랑 두 가지였다. 고조선의 8조 법금과 시내버스 무임승차 벌금. 8조 법금은 귀신들도 알까 싶었지만 50만 냥이라는 벌금액이 추상적이라 마땅치 않았다. 결국 적은 게 시내버스의 벌금 30배였다.

"오마나, 몽달천황님!"

계약서에 코를 박고 있던 왕신여제가 또 한 번 자지러졌다.

"또 뭐가 있습니까?"

"여기요··· 132조 4항······."

"의뢰 10건을 성공하면 쌍식귀 1회 사용권을 보너스로 준다?"

조항을 읽은 몽달천황이 고개를 들었다.

"그건 요즘 사회에서 보편적인 현상입니다. 심할 때는 Buy one get one free라고 하나만 사도 또 하나를 주는 경우가 있으니까요."

"네 이놈!"

"그 또한 두 분께서 자유의사로 검토하신 후에 사인을 한 것입니다. 생각해 보십시오. 그 당시 갑은 분명 두 분이셨습니다. 저는 힘없는 을⋯⋯."

"허어!"

몽달천황이 왕신여제를 바라보았다. 백발을 늘어뜨린 그녀는 울상을 한 채 고개를 끄덕였다.

"이것 참, 이것 참⋯⋯."

몽달천황은 난처함을 감추기 위해 연신 안개를 뿜어냈다.

"그러니까 이 계약대로라면 변호사에게 쌍식귀 30회 사용권에 더해 보너스 사용권 3회를 줘야 한다?"

몽달천황이 왕신여제를 바라보았다.

"그건 아니죠. 쌍식귀 사용권은 수임 한 건을 성공했을 때 주는 거지만 이 경우에는 실제 수임이 일어난 게 아니니⋯⋯."

왕신여제가 거들고 나섰다. 규정 해석을 제대로 한 그녀였다.

"맞습니다. 이런 경우에는 30회 수임 인정에 보너스 사용권 3회만⋯⋯."

"허어!"

"할 수 없네요. 계약서를 꼼꼼히 읽어보지 않은 건 우리 불찰이니⋯⋯."

"알았다. 보너스 사용권 3회에 30건 수임 성공 인정⋯⋯."

"그렇게 되면 제가 033건의 수임을 마친 셈입니다."

"알았다고 하지 않느냐? 그건 그렇고 이 계약서 말이다."

몽달천황이 계약서를 흔들어댔다.

"예……."

"또 어디다 이상한 꼼수 조항을 숨긴 건 아니겠지?"

"……."

"어허, 있구나?"

"133조 2항과 3항을 보시죠."

"133조?"

혼귀왕들이 다시 계약서에 시선을 박았다.

"갑의 의뢰 실수로 천상배필인 인간을 대상으로 삼는 경우 그 또한 132조 3항에 준한다?"

"예……."

"3항은… 기존 계약의 통념에서 현저히 벗어나는 의뢰 또한 132조 3항에 따른다?"

"예……."

"이게 다냐?"

"마지막이……."

"뭐라? 또 있어?"

"134조 3항을……."

"본인이나 직계가족의 심각한 질병이나 천재지변의 경우 그

기간의 소송 패소를 문제 삼지 않는다?"

"예… 그건 인도주의적 관점에서……."

"또 무엇이 있느냐?"

몽달천황의 목소리가 확 찢어졌다.

"이게 진짜 마지막인데……."

"허엇!"

"135조 3항을……."

"주로 3항이 문제구나? 4항은 몇 개 읽어봐도 좋은 말만 있던데……."

"그건 두 분 취향 문제입니다. 고문 변호사로 말씀드리자면 계약서는 좋아하는 것만 읽는 게 아니라 꼼꼼히 읽으셔야……."

"허어."

"하지만 불공정 계약은 아닙니다. 어디까지나 저는 표준계약서를 참고로……."

"30배 배상이 표준 계약이란 말이냐? 완전 사기지."

"그렇지 않습니다. 그건 1,000만 서울 시민도 용인하는 것이라……."

1,000만.

천문학적 숫자가 몽달천황의 화를 눌렀다.

"알았다. 135조 3항… 갑은 을이 위임된 건을 수행하다 관런자로부터 심각한 위험에 처하면 최소한의 보호를 해줄 의무를 진다?"

"예… 이따금 무식한 인간들은 법보다 주먹이 가깝기에……."

"많이도 끼워 넣었구나?"

"계약서라는 게 분쟁을 막기 위한 것이니 디테일한 게… 게다가 원래 변호인과 수임자는 한 배를 탄 운명이라……."

"오냐. 133조야 우리가 실수할 리 없으니 됐고… 천재지변도 그렇다고 치고……."

"……."

"네 이제 보니 이런 불손한 조항이 있어 우리 이름으로 기부를 하며 환심을 샀던 거란 말이냐?"

"기부는 순수한 마음이었습니다."

"어쨌든 몹시, 매우, 아주 불쾌하구나. 이 계약서… 돋보기를 대고라도 차근차근 뜯어봐야겠다."

"……."

"왕신여제님 가시죠. 어디 찰떡처럼 달라붙어 꼴사납게 비벼대는 커플들이라도 찾아서 분풀이 좀 해야겠습니다."

"저도 이하동문이에요."

"변호사, 우린 가네!"

몽달천황은 심기 불편한 인사를 남겨놓고 연기처럼 사라져 버렸다.

'후아!'

긴장이 풀린 창규가 의자에 주저앉았다.

와장창!

오래된 의자가 무게를 지탱하지 못하고 무너졌다. 그래도
아프지 않았다.

쌍식귀 3회 이용권.

수임 30회 인정도 좋지만 당장의 고민이 한 방에 풀린 것이
다. 벌떡 일어선 창규는 허리 아픈 것도 잊고 허공에 어퍼컷
을 작렬시켰다.

"유후우!"

순비 말이 맞았다. 똥 꿈은 확실히 길몽이었다.

순비, 고마워.

두둑도 고마워.

창규, 모든 것의 출발점인 두둑에 대한 감사도 잊지 않았다.

4. 순수의 봉인을 풀다

"어이구, 강 변호사님!"

차가 주차장에 서자 1호 사무실 조홍영 변호사가 말을 건네 왔다. 지난번 개업식 때는 외국 출장 중이더니 귀국한 모양이었다.

"안녕하세요? 강 변호사, 사무실 이전 떡까지 보냈다던데 인사를 이제야 치릅니다."

"별말씀을… 꽃바구니 고마웠습니다."

꽃바구니.

사무실 이전 날, 사절을 공표했음에도 몇 개가 왔었다. 그중 하나가 조홍영의 것이었다. 온 것까지 돌려보내는 것도 인사가 아닌 것 같아 받아두었던 창규였다.

"그거야 뭐 당연한 일인데… 그나저나 강 변호사 인지도가 굉장해졌습니다."

"과찬이십니다. 조 변호사님만이야 하겠습니까?"

"나야 이제 지는 해라서…….."

"하핫, 누가 들으면 진짜인 줄 알겠습니다."

"이번에 차재윤 씨 이혼소송을 맡았다던데…….."

"정보 빠르시네요?"

"그게 내 친구 지인 중의 하나가 저쪽 변호사로 나온다며 전화가 왔어요…….."

"……."

"뭐 긴장할 필요는 없어요. 나도 상도의가 있지 지인이 전화했다고 바로 옆 사무실 일을 미주알고주알 생중계하겠습니까?"

"그렇군요."

"아무튼 저쪽 진용을 보니까 쉬운 싸움이 아닌 거 같던데… 강 변호사 얼굴 보니 또 그런 것 같지도 않고…….."

"고민한다고 재판장이 제 손 들어줄 것도 아니고. 그래서 즐겁게 임하기로 했습니다."

"좋은 전략이군요. 웃으며 달려드는 사람 당하기 쉽지 않지요."

"올라가시죠."

창규가 엘리베이터를 가리켰다.

"좋은 아침!"

사무실에도 활기차게 들어섰다.

"어머!"

창규 책상에서 뭔가를 하던 미혜가 놀라는 모습이 보였다.

"어!"

미혜가 움직이자 창규도 놀랐다. 책상의 꽃 때문이었다. 화사한 꽃이 꽂힌 것이다. 그러고 보니 창규 뿐만이 아니었다. 일범의 책상에도 사무장의 책상에도 꽃이 한가득이었다.

"미혜 씨… 또 사비 지출?"

"그게……."

"에이, 그러지 말라니까."

"너무 나무라지 마세요. 벌써 보너스를 두 번이나 받았잖아요? 이거 새벽 꽃시장에서 산 거라 얼마 되지도 않는데 저도 변호사님하고 사무장님 고생하는데 작게나마 도움이 되고 싶다고요."

"……!"

미혜의 말이 창규의 폐부를 찔러왔다. 감동 먹지 않을 수 없는 마음이었다.

"그래도 그렇지… 월급도 많이 못 주는데……."

창규는 괜한 입맛을 다셨다.

"꽃은 마음에 드세요?"

"당연하지. 꽃 보니까 우리가 소송에서 이기겠네. 암!"

"정말요?"

긴장하던 미혜가 꽃처럼 활짝 피어올랐다.

"커피 드세요. 꽃향기하고도 잘 어울려요."

미혜가 커피를 따라왔다. 은은하게 꽃향기와 어우러지는 원두의 그윽한 향, 그리고 어머니와 아버지가 마주 앉은 듯한 백자 항아리. 아침 시간의 호사가 이보다 좋을 수 없었다.

"어머!"

뒤이어 들어선 사무장이 짧은 탄성을 질렀다.

"와아, 꽃 좀 봐… 게다가 변호사님 얼굴 표정도 대박… 어제까지는 고민이 주렁주렁하더니 꽃향기에 취한 거예요?"

"당연히 취해야죠. 미혜 씨가 새벽 시장에서 사온 거라는데……."

"좋은 일 있죠? 저쪽에서 합의하자는 연락이라도 왔어요?"

눈치 빠른 사무장이 저만치 질러갔다.

"그건 아니지만 왠지 잘될 거 같은 예감?"

"미혜 씨, 나도 커피 한 잔 부탁해. 변호사님 옆에서 좋은 예감 좀 옮아보게."

사무장 목소리도 덩달아 밝아졌다.

*   *   *

양학수 소송 건의 민사 제43조정실.

판사의 주재하에 피고 측과 첫 번째 만남이 이루어졌다. 판사는 30대 후반의 여자였다. 법복 사이로 살색 스타킹이 엿보이는 것으로 보아 짧은 하의를 입은 스타일. 변화의 물결이 느린 법원 문화를 고려하면 나름 열린 가치관을 가진 것으로 보였다.

로펌에서는 50대 중반의 간판급 변호사가 나왔다. 저작권법과 정보통신법 쪽에서는 최상급 능력을 갖춘 변호사였다.

"양측 소장은 검토했지만 주장의 요지를 들어볼까요? 원고 측?"

의례적인 말과 함께 전쟁이 개시되었다.

"최근 인터넷 검색 문화는 양적인 면으로 상상을 초월하는 수준으로 팽창하고 있습니다. 무차별적이죠. 긍정적인 면이 뚜렷하지만 부정적인 면도 만만치 않지요. 하지만 검색을 제공하는 사업자들은 양적 팽창에만 몰두해 개인적인 피해가 양산되고 있습니다. 이는 법이 인정하는 사생활과 개인정보 보호권리에도 정면으로 배치되는바, 원고 양학수가 제기한 보도 영상과 캡처 사진 삭제 청구는 이론의 여지없이 받아들여져야 할 것입니다. 영상은 이미 수십 년 전의 것이고 신문사는 당시의 보도로 뉴스의 사명을 다했기 때문입니다."

창규가 원고로서 개괄적인 주장을 펼쳐놓았다. 로펌의 변호사는 기다렸다는 듯이 반격의 포문을 열었다.

"뉴스나 보도는 단순한 검색의 자료가 아니라 역사적 기록의 일환입니다. 피고가 주장하는 자료는 노동운동과 시위 문화의 역사적 사료로 평가받는 기록물입니다. 최근에 부각되는 잊힐 권리는 유럽에서 먼저 쟁점이 되었지만 개인정보 보호보다 기록적인 측면이 중하다고 판단될 때는 후자를 중시하는 것이 각국 법원의 대세입니다. 유럽에서도 이러한 주장은 받아들여지지지 않는 것이 일반적 관점임을 주지하시기 바랍니다."

"일반적이라는 말은 근거가 모호합니다. 유럽의 경우 유럽 사법재판소의 적극적인 판결이 늘어나면서 개인정보 침해를 구제하는 추세가 강해지고 있습니다."

"추세가 강해지고 있다는 걸 무엇으로 입증할 수 있습니까? 잊혀질 권리의 청구는 분명 증가세이지만 그 실효성은 의문으로 남는 게 보통입니다. 게다가 헌법상 표현의 자유와도 정면으로 배치가 되는 일입니다. 원고가 청구한 영상에는, 최근 보도만 해도 총 3,066건의 댓글이 달려 있습니다. 원고 측은 한 개인의 청구가 이 댓글을 쓴 사람들의 표현의 자유를 침해하는 행위라는 걸 유념해야 할 것으로 사료됩니다."

깝치지 마라!

대표 변호사의 변론은 그런 기세였다. 그는 위압적이었고 물러설 생각도 없어 보였다.

"댓글을 표현의 자유로 보는 것은 옳지만 이는 편리주의에 입각한 발언일 뿐입니다. 예컨대 스냅챗이 그런 경우입니다. 스냅챗의 경우, 일정 시간이 지나면 메시지를 삭제하는 스피릿 포 트위터(Spirit for Twitter)를 택하고 있습니다. 헌법상의 권리침해를 주장하지만 관리 비용과 유사 소송 촉발 문제를 우려해 방패로 삼고 있는 것뿐입니다. 개인은 누구나 그 권리와 인격을 침해당했을 경우 저작물에 대한 삭제를 요청할 수 있고, 이를 요청받은 서비스 제공자는 확인 절차를 거쳐 즉시 삭제토록 하는 저작권법과 정보통신망법을 상기하여 원고의 청구를 수용해 주시길 요청합니다."

"원고 측은 지금……."

"아, 잠깐만요."

쌍방 공방이 각을 세울 때 판사가 나섰다.

"양자의 법리적 주장과 의견은 소장과 참고 자료 제출에 나와 있습니다. 저는 분명 요지를 말해달라고 했을 텐데요? 원고 측?"

판사가 창규를 바라보았다.

─또 엇나가면 곤란해.

판사의 미소에 담긴 경고였다.

"이 청구는 반드시 받아들여져야 합니다. 원고는 이 영상자료로 인해 동시대를 건너온 아픔과 격정에 사로잡혀 일상을 영위하기 힘든 지경입니다."

"절대 받아들일 수 없습니다. 원고 측이 일상을 영위하기 힘들다면 그건 현재 원고의 아내가 투병 중인 데다 원고 자신이 갱년기에 접어들어 건강이 악화된 것으로 보는 게 합리적이라고 생각합니다."

"그 말은 사생활 침해와 인격모독적인 소지가 있습니다."

"팩트를 말하고 있는 겁니다. 원고 측 변호사는 아직 모르겠지만 남자도 갱년기를 앓게 됩니다."

"피고 측 변호사는 자신의 경험을 일반화하고 있습니다. 피고 측 변호사께서 갱년기 때 그랬는지는 모르겠지만 갱년기와 이번 청구는 아무런 상관관계가 없습니다."

창규가 벼락처럼 받아쳤다.

"거기까지요."

판사가 나서 쌍방의 2차 폭주를 막았다.

"흐음!"

로펌 변호사가 물잔을 집어들었다. 그사이로 내쏘는 눈빛이 매서웠다. 건방진 놈. 그의 눈빛에 그런 분위기가 배어 있었다. 그사이에 창규는 쌍식귀를 동시에 풀어놓았다. 이제 고민할 것도 없는 쌍식귀 사용권. 시간을 끌 필요도 없었다.

─변호사 손영훈.

─법무법인 태종의 주요 팀장.

서울지법 부장판사를 역임한 법원통이었다. 그는 태종이 아메리칸 로이어스가 주는 올해의 지식재산권 수상을 하는 데 결정적인 역할을 한 사람. 재임 중에도 지적재산권 분쟁이나 정보보호법 판결을 주로 맡았다. 어쩌면 현재의 판사도 그의 주임판사였을 수도 있었다. 그러니 짚어보지 않을 수 없는 것이다.

[양학수 소송 건]

리딩의 주제어는 명쾌했다.

[배달일보사]

두 가지 주제어를 내자 복어회와 정종이 나왔다. 장소는 소공동 복어회집이었다. 테이블에 투명한 복어회가 보였다. 손영훈과 편집국장 이종격, 사주 이찬준이 보였다. 작은 내실 안에 핵심 멤버들이 다 모인 것이다.

국장 이종격이 문제의 캡처 사진을 내밀었다. 신문사의 출력시스템으로 뽑은 사진은 당시 지면 구성 그대로였다. 컴퓨터가 좋아진 지금은 창규의 리딩 옵션처럼 원하는 날의 신문을 똑같이 뽑아낼 수가 있었다.

"문제의 영상에서 캡처한 대표 사진입니다."

이종격이 입을 열었다.

"노동 시위 장면이군요."

"그렇습니다. 큰 문제가 될 사안이 아닙니다만… 한 사람이 병적인 반응을……."

"이 사람이라고요?"

변호사의 손이 양학수를 짚었다.

"예, 지금 지방 모 대학에 출강하는 교수입니다."

"언론중재위 소송까지 거쳤다고 했지요?"

"그때도 기각되었는데 이제와 정식 소송을……."

"주장의 요지가 뭐랍니까?"

"당시 언론중재위 청구 서류도 그랬지만, 논지를 추리면 초상권에, 사생활 침해에 정신적 고통이라는 거죠. 거기서 변한 게 없다면 걱정하실 거 없습니다. 영상과 캡처 사진을 검토한 결과 초상권은 얼굴 중심 사진이 아니기에 성립하기 어렵고 원고가 대학 강의를 하는 것으로 보아 피해 연관성을 입증하기 어려울 겁니다."

"그건 알지만 양학수가 선임한 변호사가 럭비공 같아

서······."

국장이 사진 한 장을 내밀었다. 창규 사진이었다.

"이 친구로군요? 잔챙이 사건에나 기웃거리다가 최근 윤여도 회장 거액 도박 사건과 홍태리 부부 이혼 청구를 성공적으로 수임하며 부각된······."

"아십니까?"

"우리 젊은 변호사 친구들이 관심이 많더라고요. 법조계의 신데렐라라고."

손영훈이 웃었다. 비웃음이 분명했다.

"원고는 노동계에 영향력이 있는 인물입니다. 그래서 신중할 수밖에 없는 거지요."

"우려하는 점을 알겠습니다. 제가 이런 류의 소송을 많이 진행해 봤는데 명쾌한 주장이 없으면 재판부가 받아들이지 않습니다. 개인의 주장을 허용하다 보면 정치적으로도 부담이 되지요. 정권이 들어서면 자기들의 치부부터 기사에서 지우려 들 테니 법원이 골칫덩이 판례를 자처할 이유가 없습니다."

"역시 저희보다는 관점이 높으시군요."

"소송 전략은 간단합니다. 일단 앞서 말한 사항들을 강조해 원고의 예봉을 막고 만약을 대비해 영상 속에 나오는 사람들의 인적 사항을 파악하겠습니다. 이들 중 한둘을 내세워 삭제를 원치 않는다고 상반된 주장을 펼치면 각 주장이 맞물리게 되어 원고의 청구는 자연히 힘을 잃게 될 것입니다."

"⋯⋯!"

여기서 창규의 리딩이 멈췄다. 피고 측의 전략이 나온 것이다. 역시 특급 로펌의 변호사는 틈이 없었다. 창규는 개인정보보호법 판례를 중심으로 변론을 준비했지만 그는 법원의 생리는 물론 정치까지 달려가 있었다. 재판부의 생리를 꿰뚫는 전략이었다.

―나 대통령이야.

―나에 관련된 나쁜 정보 전부 삭제해.

아니 비단 대통령까지 갈 것도 없었다.

―만약 어떤 실세 국회의원 출마자가 성매매 보도 기록이 있다면?

―어떤 장관 후보자가 대학이나 조직에서 불미스러운 기록을 남겼다면? 그리하여 그것들을 포탈이나 언론, 방송 등의 공공매체에서 삭제해 버린다면?

"⋯⋯!"

창규의 머리에 지진이 일었다.

차선의 대비책 또한 막강했다. 사진 속의 또 다른 사람을 회유해 삭제를 반대하는 주장을 펼친다면 재판부의 선택은 자명해질 수 있었다.

쉿!

역시 쉽지 않은 소송이었다.

새로운 검색어를 넣었다.

[사진 속 인물]

누구를 회유하려는 건지 알아야 했다. 하지만 연관된 음식물이 나오지 않았다.

'응?'

한 번 더.

하지만 반전은 없었다.

아직 자신들의 입맛에 맞는 증인을 찾지 못한 것일까? 아니, 그럴 리는 없었다. 대한민국을 대표하는 로펌. 소선신문에게 최강을 뺏겼지만 반백년 정론지를 자처하는 배달일보. 두 시너지의 정보망이 그렇게 허술할 리 없는 것이다.

결론은 명쾌했다. 증인을 찾았지만 먹거리와 연관되지 않았다. 예컨대 유선상으로, 혹은 팩스나 이메일 등으로 진행했을 수도 있었다.

다음은 여자 판사와의 관계…….

차를 마셨다. 그저 가벼운 인사였다. 특별한 언질은 하지 않았다. 하지만, 만남 그 자체가 청탁과 다름이 없었다. 여자 판사가 로펌 쪽에 우호적이라는 건, 이렇게 확인이 되었다. 그렇지 않다면 만나지도 않았을 일이었다.

오케이!

그쯤하고 손영훈의 개인사를 파 들어갔다. 부장판사를 오래한 사람. 공연히 마음이 급해졌다. 이 사람의 법관 생활은 어땠을까? 그리고, 로펌으로 갈 때 스카우트 비용은 얼마나 받았을까?

20억!

첫 단위는 20억이었다. 그의 로펌행 때 주머니에 꽂힌 금액이었다. 사회적 이목을 고려해 10+10억으로 받았다. 10억은 통장에 꽂고 절반은 현찰로 넘겨준 것.

당시 이 로펌과 계약한 기업이 시민 단체의 정보 보호 위반 소송을 받았다. 피해 보상금이 2,000억이나 적시된 소송이었다. 로펌은 서울지법 부장판사이던 손영훈을 긴급 수혈했다. 결과적으로 로펌은 의뢰 기업에게 승소를 안겨주었다.

뒤를 이어 수많은 케이스들이 창규에게 읽혀졌다.

'푸헐!'

많았다. 손영훈은 자잘한 뇌물 수수의 백화점이었다. 명품 시계를 받고, 해외여행권을 받고, 골프장 회원권에서 딸의 전신 성형권까지. 대놓고 뇌물을 후리진 않았지만 믿을만하다고 생각되는 브로커나 지인의 선물 공세는 딱히 거절하지 않았다. 어쩌면 그의 성격과도 맞물리는 사안이었다. 그는 정의를 설파하지만 편향된 법 시각을 가지고 있었다.

강자에게 엄격하고 약자에게 후한 판결.

그가 지향하는 가치관은 '입만 나불'이었다. 판결에서는 반대로 작용한 것이다. 브로커들이 찾아와 약(?)을 치면 그쪽이 약자가 되었다. 첫 시작은 백화점 상품권이었고 연주회 티켓이었다. 그것들은 명절의 한우 세트와 가을의 송이버섯 세트로 확장되었다.

'이 정도쯤은 뇌물도 아니지.'

가랑비에 옷 젖는다는 말이 딱이었다. 소소하게 시작된 일탈이기에 큰 죄의식을 갖지 않았다.

그는 점차 '뇌물=성의' 표시의 등식을 갖게 되었다. 그러나 지능적이었으니, 아무나 주는 건 받지 않았다. 찜찜한 사람이 선물 공세로 나오면 법원 감사실에 자진 신고를 했다. 덕분에 그는 표면적으로 청렴한 법관 이미지를 가진 채 로펌으로 옮길 수 있었다.

성매매나 성상납 같은 건 나오지 않았다. 결혼 이후에 아내 이외의 여자와 섹스를 한 기록도 없었다. 이성 관계만 본다면 창규에게는 불행이오, 손영훈에게는 행운이었다.

"잠깐 쉬었다 하겠습니다."

판사가 휴식을 선언했다. 그가 봐도 첫 만남은 의미가 없는 분위기였다. 조정실을 나왔다. 손영훈은 휘하의 변호사와 함께 있었다.

"이봐요, 강 변호사."

손영훈이 창규를 불렀다.

"예?"

"거 대충 끝냅시다. 이거 말 안 되는 거 알잖아요?"

손영훈이 위세를 뽐냈다.

"그거야 보는 시각 나름이죠."

"그렇게 자신 있어요?"

"소를 제기했으니 최선을 다해야 하지 않겠습니까?"

"내가 왜 이 말 하는지 알아요?"

"글쎄요……"

"실은 우리 태종에서 영입 인물로 강 변호사 검토하고 있더
군요. 솔직히 이 건은 원고의 감상주의적 발상의 청구 아닙니
까? 이제 와서 이 사진이 왜 소를 제기할 정도로 사생활 침해
가 되는지는 모르겠지만 좋은 게 좋은 거 아닌가요?"

"그 말씀 담당 판사에게 해도 될까요?"

"허엇, 젊은 친구가 참……"

손영훈이 비웃음을 밀어냈다. 태종의 영입 대상. 사실인지
떡밥인지는 확인하면 알 일. 하지만 알고 싶지 않았다. 전 같
으면 웬 떡이냐며 아부를 떨었겠지만 지금은 다른 것이다.

그사이에 창규는 손영훈 옆의 변호사를 리딩하기 시작했

다. 손영훈을 수행한다면 같은 팀의 변호사. 그도 정보를 알
게 분명했다.

[최근 일주일의 섭취물]

옵션을 넣자 먹거리들이 좌라락 밀려나왔다.

[사진 속 인물]
[회유 및 설득]

세부 파일을 열자 아귀찜에서 단서가 나왔다.

사진 속 인물 중의 한 사람을 만난 건 이 변호사였다. 손영
훈의 지시였다. 조용한 아귀찜전문점 구석 테이블에서 역사
를 만들었다.

―반대 의견의 증인 한 번이면 됩니다.

―수고비는 섭섭지 않게 드리겠습니다.

그의 이름은 박찬종.

박찬종.

오케이!

기어이 유의미한 자료 하나를 수확하는 창규였다.

"박찬종이라고요?"

가까운 커피집에서 기다리고 있던 양학수가 고개를 들었다.

"친한 사이인가요?"

창규가 물었다.

"한때는 친했지요. 하지만 노동운동 과정에서 서로 노선이 달라 보지 못한 지 꽤 오래되었지요."

"그랬군요."

"그 양반이 사진 삭제를 반대하고 있다고요?"

"그런 주장을 펼칠 모양입니다. 한 사진을 두고 경합하는 두 개의 권리. 재판부의 결정을 어렵게 만들 우려가 있습니다."

"그래서 그 양반이 느닷없이 전화를……"

"연락이 왔었습니까?"

"어제 아침이었죠, 첫 강의 직전에 조교가 전화를 바꾸어주었습니다. 박찬종 씨더군요."

"……."

"그때의 보도 사진 가지고 소송 걸었냐고? 교수 되더니 팔자 좋네, 하고 빈정 비슷한 말을……"

"간을 본 겁니다."

"간?"

"로펌의 지시로 견제구를 던진 거죠. 하지만 소를 제기한 것은 아니니 좀 두고 봐야 합니다."

"그 양반이 소를 제기할 가능성도 있나요?"

"피고 쪽이 불리해지면 그럴 수도 있습니다."

창규는 목소리를 낮췄다.

─피고 측으로부터 사례를 받았더군요.

그 말은 하지 않았다.

"분위기는 어땠습니까?"

"상견례차 만난 겁니다. 하지만 이미 양측의 주장이 소장을 통해 다 제출되었기 때문에 2차 조정 후에 바로 판결이 날 가능성이 높습니다."

"어렵다는 말씀인가요?"

"1차전은 서로 탐색전… 2차전이 최종전이라 할 수 있으니 그때 끝장을 봐야겠지요."

"이제 전략의 방향이 섰습니까요? 오늘 저쪽을 보면 윤곽이 나올 것 같다고 했으니……."

"고리를 찾아봐야죠."

"고리?"

"감성 고리 말입니다. 교수님의 바람과 딱 들어맞는……."

"무슨 말인지……."

"감성이라는 게 느낌 아닙니까? 설명이 어렵지요. 하지만 재판도 사람이 하는 일이니 가능성 자체가 없지는 않습니다. 일단 신문사 결정권자까지 만나보고 말씀드리겠습니다. 이번 소송은 원고와 피고의 합의가 우선일 수 있거든요. 재판부도 부담스러운 일이라……."

"아무튼 잘 부탁합니다."

양학수가 가볍게 고개를 숙였다. 무거운 비원이 담긴 몸짓이었다.

창규는 배달일보사를 지나쳤다. 타겟은 사주였다. 편집국장이 사주의 조카이기 때문이었다. 조카와 삼촌, 그렇다면 한국의 관습상 윗대가리를 조지는 게 능률적이었다. 물론, 그게 안 된다면 차선책으로 편집국장을 해부할 생각이었다.

사주 이찬준은 서울에서 가까운 골프장에 있었다. 창규는 사무실에서 회원권 안내를 받았다. 변호사라고 하니 통했다. 넌지시 스펙도 팔았다.

—제가 홍태리 이혼소송 맡았던…….

—아, 그분…….

골프장 간부는 홍태리 이름에서 녹았다. 입에 침이 튀도록 설명이 뒤따랐다. 필드를 돌아보기 위해 나갔다. 이찬준은 3번 홀에 있었다. 그 가까운 곳에서 카트에서 내렸다. 선글라스를 착용한 창규, 당연히 이찬준의 섭취물 리딩에 들어갔다.

이찬준!

대한민국 언론사에서 손꼽히는 존재였다. 재산 또한 어마무시하게 많았다.

[양학수]

일단 이번 소송에 대한 그의 가치관부터 리딩에 착수했다. 편집국장 이종격과의 식사 자리가 보였다. 메밀국수를 먹으며 이찬준이 말했다.

"영상삭제라니? 신문사 보도 사진이 동네 찌라시인 줄 알아?"

사주는 흥분해 있다. 침까지 튀긴다. 사실 신문사 쪽 입장으로 보면 제소나 소송은 다반사였다. 공익을 명분으로 한 보도라고 해도 사익을 침해하는 경우가 많기 때문이었다.

분위기로 보아 이 일의 칼자루는 사주가 잡고 있는 게 자명했다. 뇌물, 비리, 이성, 성관계… 체크하고 싶은 게 너무 많았다. 사주의 스페셜한 약점을 잡으면 그것을 빌미로 합의를 이끌어낼 수도 있었다. 소송이란 그런 것이다. 상대의 약점을 찾아 결정타를 날리는 것. 그게 꼭 법리적일 필요도 없었다.

그런데……

마음에 걸리는 게 있었다. 사주는 왜 이렇게 병적으로 민감

한 걸까? 자신이 쓴 기사도, 자신이 찍은 사진도 아니었다. 게다가 양학수와 악연이 있는 것도 아니었다. 그사이에 영상이 희미해졌다. 이찬준이 멀어졌다.

"잔디 좀 구경할게요."

창규가 안내하던 골프장 간부에게 말했다.

"다음 부킹 팀이 곧 올 건데요?"

"잠깐이면 됩니다. 잔디 퀄리티가 너무 좋은 거 같아서요."

칭찬으로 간부의 우려를 막아버렸다. 칭찬은 대개 꽤 유용한 무기가 될 수 있다. 다음 홀로 향하며 이찬준을 따라붙었다. 리딩을 이어갔다.

권력.

언론의 생리상 궁금하던 분야였다. 귀가 큰 사람이 나오고 머리 벗겨진 사람이 나왔다. 어렵게 독대했지만 큰 재미를 보지 못했다. 소선신문이라는 동종 업계의 장벽 때문이었다. 그러다 지난번 정권에서야 선이 닿았다. 배달일보 편집국장이 청와대 수석으로 들어간 것이다.

이찬준은 대통령을 독대해 간청을 했다. 탈세와 누세, 부당 내부 거래 등의 구설로 국세청의 표적이 된 시기였다.

"건설적인 쪽으로 가닥을 잡아봅시다."

대통령이 긍정적인 시그널을 주었다.

'나쁘지 않군.'

창규는 대통령과 이찬준이 회동한 요정 '담월'의 VIP 룸을 기억에 담았다.

[여자]

이 파일에서는 재미를 보지 못했다. 언론인 이찬준의 이성 관계도 비교적 깨끗했다. 성 추문이 끊이지 않는 소선신문 박 회장과는 딴판이었다.

기왕 법정까지 간 일. 소송과의 연관 선상에서 리딩을 이어 갔다. 연관성은 정말이지 뜻밖의 곳에서 나왔다.

'신춘문예?'

창규가 잠시 더듬거렸다. 사주가 신춘문예 출신? 서둘러 확 인에 들어갔다. 있었다. 그는 24살에 청아일보 신춘문예 동화 부문에 당선되었다. 그리고… 사진 삭제에 대한 그의 트라우 마를 들여다 볼 수 있는 사건이 벌어졌다. 스물일곱 때의 일 이었다.

〈해외입양아 다룬 동화 작품. 해외입양아를 두 번 울리다!〉

기사는 경쟁사인 소선신문 쪽이었다. 1면에 대문짝만하게 나왔다. 젊은 문학 청년의 얼굴이 주먹만 하게 박힌 특종 보도였다. 기사가 나온 날은 1월 3일. 내용은 모 부처의 공모전 형식으로 치러진 창작장편동화 공모전에 당선된 이찬준의 작품이 해외 입양아들을 모욕했다는 것이었다.

작품 제목은 '거위의 꿈'. 작가명은 이창수. 하지만 사진과 작가명이 이찬준과 달랐다.

'작가명은 필명일 수도 있으니……'

신문은 몇 가지 단어와 묘사를 문제 삼았다. 적시된 것을 보니 표현이 다소 거칠 뿐 큰 문제가 될 것은 아니었다. 하지만 갓 데뷔한 이찬준에게는 치명타가 분명했다.

이찬준은 언론중재위에 제소했다. 작품의 저작권은 모 부처에 귀속되는 것이고 수정권까지 모 부처가 행사하기로 했다는 것. 더구나 부처는 이찬준에게 교정 원고도 보내지 않고 그대로 책을 찍은 경우였다. 이찬준은 기사를 삭제하고 사진을 내려달라고 제소했지만 패소했다. 당시 배달일보를 경영하던 부친까지 나섰던 일. 정식 소송까지 불사했음에도 거대 언론사인 소선신문의 벽을 넘어서지 못했다.

―소선신문의 경쟁사 저격용 기사.

―상대 언론 사주 2세에 대한 의도적 흠집 내기.

뒷말이 무성했지만 어쩔 수 없는 일이었다.

이 일로 이창수, 즉 이찬준은 동화 작가의 꿈을 접었다. 소선신문은 한국 문학에 미치는 영향도 지대한 곳. 저격용 흠집 내기에 말려 압사한 것이다.

이후 박사 과정을 마치고 배달일보 근무를 시작하면서 얼굴을 전면 성형했다. 이름도 이창수에서 이찬준으로 개명했다. 불명예와 아픈 기억에서 벗어나고 싶은 몸부림이었다.

사진과 보도에 대한 치명적인 기억.

사람은 보통 아픈 기억에 대해 두 가지 반응 양상을 보인다.

─너만 억울해? 나도 당하면서 살았거든.

며느리 갈구는 시어머니 마음이다. 시집살이 오지게 한 사람일수록 며느리 호되게 조진다.

─나도 당해봤으니 이해해 주자.

이런 역지사지 마음. 흔치 않은 경우다.

이찬준의 경우는 전자의 화신이었다. 그 자신, 그때의 트라우마가 외상 후 스트레스 장애처럼 편협한 마음으로 정착되었다.

신문사 사주.

그 자신도 다른 신문사에게 당한 일.

그렇다면 키워드는 동병상련이었다. 표면에 나온 감정이 아니라 사주의 상처 딱지 깊은 곳에 자리한 동병상련의 마음. 게다가 그는 원래 동화 작가. 그렇다면 가장 순수한 열정이 마음 어느 곳에 봉인되어 있을 일.

그 봉인을 푼다면 승산이 있을 일이었다.

'오케이, 한번 붙어보자고.'

키워드의 꼬리를 잡아낸 창규가 전화기를 꺼내들었다.

"미혜 씨."

"변호사님."

전화기 너머에서 미혜의 꾀꼬리 목소리가 들렸다.

"인터넷 서점에 검색 좀 해봐. 옛날 동화책인데 '거위의 꿈'. 작가는 이창수."

"거위의 꿈이오?"

"가장 빨리 구할 수 있는 방법으로 좀 부탁해."

"알겠습니다."

통화하는 사이에 이찬준이 다음 홀로 이동을 했다.

"더 보시겠습니까?"

골프장 간부가 물었다.

"아닙니다. 구경은 됐고. 저 앞에 가시는 분, 나이에 비해 잘 치시네요? 자세도 좋고."

"아, 이 회장님요? 신문사 회장님이신데 오랜 단골이시거든요. 구력도 됐고 코스에도 익숙하시니……."

"그러셨군요. 남은 홀 다 도는데 얼마나 걸릴까요?"

"뭐 쉬엄쉬엄하시니 한두 시간은 걸리지 않겠습니까?"

'두 시간…….'

돌아가는 카트에서 미혜의 전화를 받았다.

"변호사님 책 구했는데요?"

"벌써?"

창규의 눈이 휘둥그레졌다. 통화가 끝난지 불과 30여 분. 인터넷 서점에서 총알배송을 받는다고 해도 불가능할 일이었다. 하지만 미혜의 말을 듣자 곧 이해가 되었다.

"요 앞 어린이 도서관 있잖아요? 인테넷 서점에는 없고 거기에 있더라고요. 급하신 거 같아서 바로 대출했어요."

빙고!

역시 미혜는 센스가 있었다.

"그럼 웃돈 좀 얹어서라도 총알 퀵으로 좀 보내주겠어? 여기 근교의 골프장인데……."

단김에 뿔을 뽑기로 했다. 퀵이라면 한 시간 남짓으로 올 수 있는 거리였다.

"알겠습니다."

미혜가 대답했다.

총알.

정말이지 총알이 날아왔다. 퀵이 도착한 것이다. 퀵비가 몇만 원 나갔겠지만 문제될 일이 아니었다.

―거위의 꿈.

입양된 여주인공이 흑인과 백인들 사이에 끼어 있는 표지 그림이었다. 표지부터 묵직한 상징성이 있었다. 내용을 읽었다. 문장은 거칠었다. 신춘문예의 단편 동화에 당선되었다지만 여전히 신인. 장편을 쓰기에는 힘이 달렸던 것이다.

하지만 내용 자체는 신선했다. 강조하고자 하는 주제도 선명했다. 이찬준이 왜 억울해했는지 알 것 같았다. 나름 방대한 소재를 바탕으로 엮어낸 야심작이었는데 흠을 내려고 작심한 시비에 당한 것이다.

맨 뒤의 '당선 소감'과 '작가의 말'을 읽었다. 창규의 시선이 한 행간에서 멈췄다.

"……!"

창규 마음에 꽂히는 말이 나왔다. 소송 때문이 아니라 한 인간의 심금을 진심으로 울리는 말이었다.

'어쩌면……'

이 행간이 열쇠가 되어줄 것 같다는 직감이 왔다.

책장을 덮을 때 쯤 이찬준의 모습이 보였다. 홀을 함께 돈 지인과 둘이었다. 둘은 주차장에서 인사를 나누었다. 격의가 없는 것으로 보니 친구로 보였다.

"회장님!"

이찬준이 세단에 타려할 때였다. 기다리고 있던 창규가 그를 불러 세웠다.

"나?"

이찬준이 돌아보았다.

"저는 강창규라고 합니다."

선글라스를 벗고 인사부터 하는 창규.

"강창규?"

"배달일보사의 데이터베이스 영상물 삭제 소송을 낸 양학수 씨의 변호인입니다."

"당신이 왜?"

이찬준 눈매에 날이 서는 게 보였다.

"이번 소송, 한 번만 양보하시죠."

"양보?"

"예."

"할 얘기 있으면 우리 변호인단이랑 하시오."

이찬준이 매몰차게 돌아섰다. 하지만 그대로 보낼 창규가 아니었다.

"정말 소중한 건 눈에 보이지 않아!"

창규가 낭독처럼 말했다.

"……!"

이찬준의 발길이 멈췄다.

"정말 갖고 싶은 건 그때 가지지 못해."

"……."

"네 안에 있는 진짜 너를 봐."

세 마디만에 그가 돌아섰다. 동화책에 나오는 문장이었다. 거기가 클라이막스였다. 피부색이 달라 좌절하는 아이에게 영혼의 목소리가 들려온다. 거기서 주인공은 자신의 정체성을 깨닫고 피부색에 대한 고민을 떨쳐 버린다. 한국인의 뜨거운 피를 느끼는 것이다.

"당신……."

얼떨떨한 이찬준 앞에 동화책이 내밀어졌다. 수십 년 대여가 되면서 낡아버린 동화책. 하지만 이찬준의 처녀 출간작이자 마지막 책이 틀림없었다.

"이창수 작가님, 맞으시죠?"

"……."

"감동적이었습니다."

창규가 책을 건네주었다. 이찬준은 파르르 떠는 손으로 책을 받았다. 그의 콧날이 시큰해지는 게 보였다. 이십 대, 활화산 같은 문학 열정으로 빚어낸 책. 그러나 의도된 흠집 내기 덕분에 문학의 꿈을 내려놓은 책. 기대도 크고 절망도 컸기에 잊을 수 없는 그 책이었다.

하긴!

어떻게 잊을 것인가? 신춘문예는 문학도에게 있어 사법고시와 비교되는 영예였다. 지난한 수련의 밤을 지나 도달한 등용문. 그 순수한 꿈이 보도 하나에 갈기갈기 찢어지고 말았다.

이제야 딱지가 아물었겠지만 그때는 일상이 패닉이라고 해도 과언이 아니었을 일.

"회장님."

"……."

"우연히 회장님의 사연을 알았습니다. 그로 인해 작가의 꿈을 접어버리셨죠?"

"……."

"기사만 보면 울화통이 치미셨겠죠. 작품 속에 깔린 작품성은 차치하고 몇몇 거친 단어와 묘사를 문제 삼은 언론. 게다가 출판저작권은 모 부처에 귀속되었는데 가장 큰 피해를 본 건 회장님이었습니다."

"……."

"비교가 될지 모르지만 양학수 씨의 경우도 그렇습니다."

그 말에 이찬준이 고개를 들었다.

왜?

그가 우묵한 시선으로 물었다.

"그분도 단지 겉으로 보이는 상황만이 아니라 다른 이유를 가지고 있습니다."

"다른… 이유?"

되묻는 이찬준. 그의 각은 조금 무뎌져 있었다.

"잠깐 말씀드릴 기회를 주시겠습니까?"

"……."

"부탁드립니다."

"5분 주겠네."

"고맙습니다."

창규가 문제의 신문기사를 꺼내들었다. 시간이 없으니 바로 설명을 붙였다.

"양학수 씨… 이 사진으로 사생활을 침해받는다는 건 거짓말입니다."

"……?"

"사생활이 아니라 영혼의 고문을 받고 있습니다."

"영혼?"

"회장님의 동화에도 그런 말이 있더군요. 피부색이 다르다고 놀려대는 미국 또래들 때문에 영혼이 시들어 가는 주인공."

"……."

"사진 속의 두 여자… 이 여자와 이 여자……. 이날 처음으로 시위에 나온 사람들입니다. 물론 양학수 씨가 끌어들였습니다."

창규가 캡처 사진을 짚었다. 양학수의 첫사랑과 또 다른 여자였다.

"……."

"아실지 모르지만 한 여자는 그날 시위를 마친 이후 귀가길에 사고를 당해 투병하다 죽었고, 또 한 여자는 무자비한 진압 과정을 본 충격으로 시름거리다 죽었습니다. 둘 다 양학수 씨가 강권하다시피 시위 현장에 데리고 나간 사람들입니다."

이 시나리오는 창규가 지어낸 말이었다. 하지만 다른 여자 하나가 몇 개월 후에 죽은 건 맞았다. 그녀의 사망은 심장마비였다. 양학수의 사정을 액면대로 말할 수 없는 창규. 사진 속 두 여자의 죽음을 그렇게 꿰맞추고 있었다.

"그때는 젊은 기백에 잘 몰랐지만 이제 양학수 씨도 늙었습니다. 북망이 가까워지니 그때의 한이 악몽과 가책으로 나타나는 겁니다. 그때… 그녀들을 데리고 나가지 않았더라면. 그랬더라면……."

"……."

"최근 5년 이내에 노동운동이 활성화되면서 그 영상물의 게재 빈도가 높아진 것도 무관하지 않습니다."

"……."

"소장에는 차마 쓰지 못했지만 이게 삭제를 요청하는 숨은 요지입니다. 노회한 노동운동가의 양심의 가책……."

"……."

"회장님 당선 소감과 작가의 말에도 그런 게 있더군요. 숨어서 아파하는 영혼들에게 위로가 되는 작가가 되고 싶다고……."

아픈 영혼들을 위한 작은 위로.

이찬준의 심연 속에 잠든 순수의 결정체.

창규가 그걸 건드렸다.

그 말에 이찬준의 의식이 휘청 흔들렸다. 그 자신조차도 오
랫동안 잊은 말이었다. 그때… 그 시절… 동화로 세상의 아픈
영혼을 위로하고 싶었던… 그리하여 상처받은 영혼들에게 안
식처가 되고 싶었던 그 시절에 품었던 순수의 씨앗들.

"회장님 동화의 모티브가 된 소녀는 신문기사 몇 줄에서 영
감을 얻은 거라고 했습니다. 하지만 가해자의 한 사람 같은 무
거운 책임감에 작품을 쓰게 되었다고……."

"……."

"양학수 씨도 다르지 않습니다. 그분에게도 동화 속의 주인
공처럼 영혼의 위로가 필요합니다. 오직 회장님만이 하실 수
있습니다."

"……."

"한 번 더 동화를 써주지 않겠습니까? 양학수 씨를 주인공
으로……."

그 동화에서 주인공에게 내민 작가의 따뜻한 마음.

한 번만 더!

창규의 말이 메아리가 되어 봉인 위에 내려앉았다.

변론은 끝났다.

순수.

세상의 상처를 보듬고 싶었던 이찬준의 순수.

그러나 그 자신도 상처를 받으며 봉인해 버린 그 순수.

봉인은 열릴 것인가?

'어쩌면……'

창규는 생각했다. 어쩌면 이게 이번 소송의 진짜 최후 변론일 수도 있다고. 어차피 사주의 마음을 돌리지 못하면 실익이 없을 일이기 때문이었다.

이찬준의 시선은 오래오래 동화책에 꽂혀 있었다. 그는 텅 빈 시선으로 책을 한 쪽, 한 쪽 넘겼다. 까마득한 기억 너머로 밀어두었던 동화책. 그러나 결코 잊을 수 없었던 그날의 아픔. 책을 닫은 이찬준의 어깨가 마침내 경련하기 시작했다. 세파에 찌든 그의 영혼에 20대의 빛나는 감성 한 줄기가 관통한 까닭이었다.

"당신……"

침묵하던 이찬준의 입이 열렸다.

"……"

"이름이?"

"강창규입니다."

"내가 들은 중에 가장 멋진 변론이었소."

"……."

"당신을 내 젊은 날에 만났더라면……."

"……?"

"그랬더라면 소송에서 이겨 멋진 동화 작품을 썼을 것 같소."

"……."

"하지만, 영상물 삭제는 곤란하오."

"……!"

잘나가던 분위기에 브레이크가 들어왔다.

"회장님!"

"마음 생각 같아서야 편집국장에게 삭제를 하라고 말하고 싶지만 우리 신문사에도 전통과 사규라는 게 있다오."

"……?"

"내가 사장과 회장을 지내는 동안 우리 신문사는 단 한 번의 사진이나 영상자료 삭제를 하지 않았소. 그건 내가 강조한 사풍이었고. 그렇기에 이보다 더한 정치적 소송도 삭제 불가로 맞서왔다오. 그러니 이제 와서 사풍을 바꾸기엔 명분이 없소이다."

"……."

"다만 심정적으로는 원고 측의 영상물을 지웠다는 것. 비공식적인 거지만 양학수 씨에게 작은 위로라도 되기를 바라오."

"회장님!"

듣고 있던 창규가 시선을 들었다.

"할 말은 끝났소만."

"대안이 있습니다."

"대안?"

"혹시 미국 공원 개발의 아버지로 불리는 리처드 소송 건을 아십니까?"

"리처드?"

"그의 아들이 부친의 사진 삭제를 요청한 소송입니다. 거기서 양자의 양보로 기막힌 합의안이 나온 게 있습니다."

"……."

"바로 이겁니다."

창규가 자료 봉투를 열었다. 이찬준 앞에 보여진 건 캐리커처였다.

"캐리커처?"

"그렇습니다. 피고였던 미국의 언론사는 사진 대신 캐리커처로 바꾸자는 원고와 원고 측 변호인단의 수정안을 받아들였습니다. 언론사로서는 기사 방어를 했다는 명분을 얻었고 원고 또한 아버지의 사진을 캐리커처로 바꾸면서 비난성 댓글을 최소화할 수 있는 이상적인 합의였지요."

"……?"

이찬준의 눈가에 짧은 파장이 스쳐갔다.

사진과 그림.

전달과 파괴력이 다르다. 사진은 사진이다. 보는 순간 누구든 똑같은 인지를 하게 된다. 하지만 그림은 각자의 인지력이 달라진다. 더구나 소송의 사진을 그림으로 바꾼다면 개개인에 대한 파악은 거의 불가능해질 수도 있었다.

"문제가 되는 캡처 사진은 사진 속의 사람 자체가 중요한 게 아니라 단지 기사의 강조형으로 사용된 것 아닙니까? 그러니 그림으로 대체하셔도……."

"……."

"나아가 영상 또한 전체 삭제가 아니라 원고가 등장하는 장면만 덜어내 주시면……."

"……."

"양학수 씨의 영혼을 위해 결단을 내려주시길 요청합니다."

창규는 최종 변론을 마무리했다. 이찬준은 잠시 창규를 바라보았다. 대꾸는 없었다. 그는 깊은 호흡을 고르며 차에 올랐다. 차가 천천히 멀어졌다.

'강창규…….'

창규는 자신에게 말을 걸었다.

사주의 심연에 가라앉은 봉인을 건드리지 못한 걸까?

그 자신에게 절망이 되었던 동화 작품의 왜곡. 양학수의 절망이 되고 있는 동영상. 기사라는 지옥에 갇혔던 사주의 청년 시절. 청년 시절의 영상이 지옥이 되어버린 양학수의 현실.

각이 다르지만 어떤 의미에서는 한배라고 할 수 있는 정서. 그게 키가 되어 사주의 봉인이 해제되기를 기대했던 창규.

피식.

창규가 웃었다. 그리고 속삭였다.

확신을 가져라. 너는 최선을 다했어.

그렇지?

그래도 안 된다면.

피고 측의 비리를 낱낱이 찾아내 그걸 담보로 전 방위를 압박하는 수밖에.

도로를 바라보는 창규의 시선에 서늘한 힘이 들어갔다.

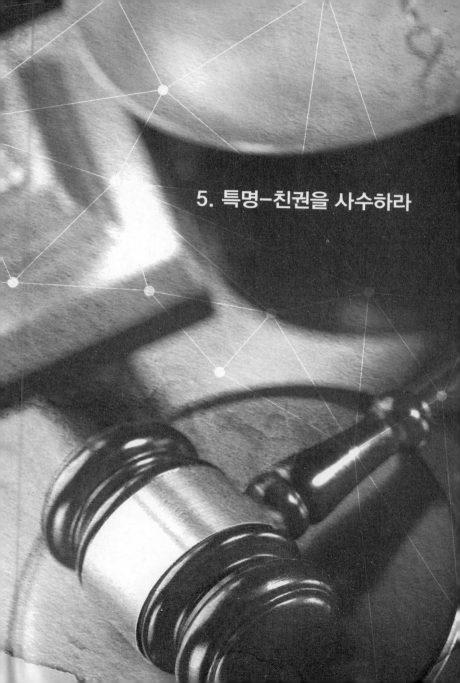

5. 특명–친권을 사수하라

　양학수 소송의 2차 조정을 앞두고 신보라의 조정 기일이 잡
혔다. 그나마 두 번이나 기일 변경을 거친 결과였다. 차재윤
변론인 측의 기일 변경 요청은 매번 받아들여졌다. 초장부터
재벌과 대형 로펌의 파워를 과시하는 셈이었다.

　그날 오후 창규는 공원에서 신보라를 만났다. 친권의 당사
자인 차미래를 만나보려는 것이다. 의뢰인 신보라의 첫 번째
요구 조건이 딸인 까닭이었다.

　약속 장소로 나가며 미성년 자녀의 양육권에 대해 짚어보
았다.

자녀의 양육권에 대한 법원의 판단은 자녀 복리가 기준이다. 그밖에 해당 자녀의 나이, 친밀도, 양육 환경, 보모의 경제력, 생활환경 등을 참작한다. 자녀의 나이가 어리면 엄마 쪽이 양육권 행사에 유리하게 작용하고 자녀 나이가 13세를 넘으면 자녀의 의사가 중요한 요소가 되고 있다.

쟁점은 양육권에 더한 친권이었다. 양육권과 친권은 비슷하다고 착각할 수도 있지만 친권이 더 포괄적이었다.

간단히 정리하면 양육권은 미성년자인 자녀를 부모의 보호 하에 키우고 교양할 권리를 말하지만 친권은 자녀에 대해 신분 재산상 권리와 의무는 물론, 의사 결정권과 재산 관련 결정권까지 포함하고 있었다. 이밖에 유학이나 전학, 심지어 병원에서 큰 수술을 받아야 할 경우에도 친권자의 동의가 필수적이었다.

문제는 좀 사는 한국의 남자들이 자녀의 친권을 선호한다는 것. 차재윤의 경우라면 그 극한의 상징이라고 봐도 맞을 일이었다.

딸 차미래.

아이는 부모를 닮는다더니 얼굴에 귀티가 흘렀다. 하지만 인간은 환경의 동물. 엄마, 아빠의 이혼 이야기를 알고 있기에 표정은 어두웠다.

"엄마의 변호사 아저씨야."

신보라가 창규를 소개했다.

"안녕, 만나서 반가워."

창규가 손을 내밀었다. 미래는 고개만 까딱이고 손을 내밀었다. 경계의 눈빛이 완연했다.

열 살.

창규는 먼 과거로 생각을 옮겼다. 그때. 창규가 열 살 무렵…… 창규는 아버지가 없었다. 매사에 자신감이 없었다. 아버지가 있는 아이들을 보면 더욱 그랬다. 마치 마음의 반이 말라 버린 듯한 기분……. 그 기분이 미래의 얼굴에도 엿보였다.

"저 가서 뭐 좀 사올게요."

신보라가 자리를 비켜주었다. 창규가 미리 한 요청이었다.

"변호사 아저씨."

엄마의 뒷모습을 보던 아이가 입을 열었다.

"응?"

"우리 엄마랑 아빠랑 이혼 안 하게 해주시면 안 돼요?"

미래의 눈은 반쯤 젖어 있었다. 콧등이 시큰해졌다. 이혼이라는 거. 언제나 이렇다. 부부는 당사자로 다투지만 아이들은 그들의 천국을 잃는 일이다.

"그럴까?"

"부탁이에요. 우리 엄마 아빠, 헤어지게 만들지 말고 다시 사랑하게 만들어주세요. 변호사들은 왜 다 헤어지게만 만들려고 그래요?"

미래가 당차게 항변을 했다. 그 또한 창규의 심금을 울렸다. 대뇌에 돌직구를 얻어맞은 창규가 미래의 등을 토닥거렸다. 원래는 아이의 속마음을 알고 싶어 나온 길.

—엄마랑 살래? 아빠랑 살래?

그 질문은 입에 걸지 못했다.

'이 아이가 승하라면…….'

그 생각 때문에 더욱 그랬다.

"변호사 아저씨……."

미래가 창규 팔을 잡고 흔들었다.

"그래주실 거죠? 우리 엄마 아빠 다시 사랑하게……."

"애써볼게."

"진짜죠? 약속하세요."

미래가 손가락을 내밀었다. 창규도 겨우 손을 내밀었다. 미래는 그 손이 내려갈까 서둘러 새끼를 걸고 지문을 찍고, 복사까지 마쳤다.

"고마워요. 아빠가 데려온 변호사 아저씨들은 내 말 들어주지도 않았는데."

미래 눈에서 콩알 같은 눈물이 떨어졌다. 차재윤도 손을 쓴 모양이었다.

"그랬어?"

"엄마는 옛날 엄마가 아니라고… 아빠랑 살아야 행복하게 자랄 수 있다고 했어요."

"그랬구나."

"하지만 그 변호사 아저씨는 틀렸어요. 미래가 행복해지는 건 아빠랑 사는 게 아니라 엄마 아빠랑 함께 사는 거라고요."

"알아."

"어른들은 이상해요. 엄마도 아빠도 다 나를 위해서라고 하는데 왜 나한테는 의견을 물어보지 않는 거죠? 나를 위해서라면 이혼하지 말아야죠."

"그래."

창규는 손수건으로 미래의 눈물을 닦아주었다. 그리고 프로 근성을 살려 리딩에 들어갔다. 미래에게도 체크해야 할 게 있었다.

식용 카테고리를 열었다. 가장 큰 파일은 바나나와 딸기였다. 주로 주스로 마셨다. 심하게 보면 주식이라고 봐도 될 분포였다. 즐겨 먹기도 하고 가장 좋아하기도 했다. 다음으로 떡볶이가 나왔다. 재벌집 외동딸 입맛치고는 소박한 편이었다.

그 반대편 파일에는 피망이 있었다. 알레르기까지는 아니지만 좋아하지 않았다. 어쩌다 샐러드 같은 것에 섞여 나와도 알뜰하게 골라냈다. 그로 인해 차재윤에게 핀잔을 받은 적도 많았다.

—바나나, 딸기, 떡볶이 VS 피망!

대표적인 선호·기피 음식을 체크하고 '행복한 순간'의 음식으로 리딩을 옮겼다. 행복의 크기나 가치도 다른 법. 다 체크하는 것도 시간 낭비이기에 베스트 10까지로 범위를 좁혔다.

1) 엄마와 비보이 그룹 에코프린스의 공연을 본 날—매개 음식 폭포 아이스크림.

2) 신당동 떡볶이 골목에서 엄마와 함께 떡볶이를 만들어 먹은 날.

3) 올 백 점을 맞고 가족들에게 칭찬을 받은 날—매개 음식 과일빙수.

4) 엄마가 하얀 드레스를 사준 날—매개 음식 크로상.

5) 아빠가 하와이 별장에서 왕새우를 구워준 날.

…등 열 가지가 나오는 동안 차재윤은 단 한 번 등장했다. 미래에게 있어 아빠의 기억은 헐렁했다. 그만큼 가족과 함께 지낸 시간이 없는 차재윤이었다. 그렇기에 고작, 새우 한 번 구운 것으로 랭킹에 진입을 한 것이다.

창규에게는 고마운 일이었다. 만약 그가 더 많은 시간을 아이에게 투자해 신보라와 랭킹을 다투고 있다면 재판은 더욱 암담해질 일이었다.

전체적인 얼개를 잡은 창규, 이제 미래의 마음이 궁금했다.

"미래야."

"네?"

"엄마, 아빠 말이야… 바라는 게 뭐야? 이혼 말고……."

"엄마, 아빠 손잡고 비보이 오빠들 공연 보러 가는 거요."

"한 번도 못 가봤어?"

이미 체크했지만 모른 척 물었다.

"엄마랑 한 번요. 하지만 아빠에게 혼났어요. 공연을 보려면 수준 높은 발레나 뮤지컬을 보라고요. 하지만 그런 건 졸립기만 한 걸요."

"아빠랑은 못 가봤네?"

"아빠는 저랑 놀아줄 시간이 없으니까요. 악!"

대답하던 미래가 펄쩍 뛰었다. 벌레가 무릎에 떨어진 것이다.

"괜찮아. 그냥 벌레인걸."

창규가 얼른 털어냈다.

"싫어요. 전 곤충은 다 싫어요. 무조건."

미래는 필요 이상으로 정색을 했다.

"그럼 좋아하는 건 뭐야?"

"바나나 딸기 믹스 주스요. 딸기를 나중에 넣고 잠깐만 갈아야 해요. 그럼 딸기의 과즙이 씹히면서 기분이 상쾌해지거든요. 그다음으로는 학교 앞 떡볶이인데 경호원 언니 때문에 잘 사먹지 못해요."

"그 말 영상으로 좀 찍어도 될까? 네가 가장 좋아하는 것과 싫어하는 것. 아빠와 가장 행복했던 때와 속상했던 때……."

"문제없어요."

창규가 핸드폰 동영상을 눌렀다. 미래는 차분하게 협조했다.

그사이에 신보라가 돌아왔다. 그녀의 손에는 거리표 떡볶이가 들려 있었다. 미래는 좋아라 떡볶이 컵을 받아 들었다.

"엄마가 음료수를 잘못 샀는데 오렌지 주스로 좀 바꿔다줄래?"

신보라가 키위 주스를 내밀었다. 창규가 무슨 얘기를 나눴는지 체크하려는 눈치였다.

"알았어."

미래는 매점을 향해 달려갔다.

"떡볶이… 우리 미래가 좋아하는데 그이가 싫어해서 가끔씩 이렇게……."

신보라가 음료수를 내밀며 말했다.

"다른 건 또 뭐가 있나요? 미래가 좋아하는 거……."

"바나나하고 딸기 믹스 주스예요. 자기만의 방식으로 갈아 먹는 거 좋아해요."

딩동댕!

신보라는 딸의 성향을 잘 알고 있었다.

"그거 사모님도 만드실 수 있나요?"

"그럼요. 제가 원조인걸요."

딩동댕!

좋은 답변이었다.

"그렇군요. 그건 그렇고 두 분 사이에 의미 있는 대화가 있었나요?

"아뇨. 그이는 소송 제기 이후로 제 방에 오지도 않아요."

"그럼 미래는?"

"부모님이 돌보죠. 오늘도 학원 갈 시간에 데리고 나온 거예요."

"그렇군요."

"사무장님이 보내준 진행 내용 보니까 무섭데요. 남편 쪽 변호사들… 아주 작심을 한 것 같더라고요."

"참고 자료와 친권 주장의 근거, 증인 신청 때문이군요."

"저를 고립무원에 성격파탄자, 신경쇠약 히스테리에 불효막심 며느리로 만들 모양이에요. 저는 나름 최선을 다하고 살았는데……."

"저쪽 마음대로 되지는 않을 겁니다."

"힘든 싸움인 건 알아요. 하지만 잘 부탁드려요."

"남편 분의 동선이 필요합니다."

"만나주지 않을 거예요."

"그저 먼발치에서만 봐도 됩니다. 그분을 한번 봐야 법정 전략이 정리될 것 같아서……."

"들어가는 대로 체크해서 보내 드릴게요."

신보라가 대답하는 사이에도 창규는 그녀를 리딩하고 있었다.

소송.

수임을 의뢰한 사람과 수임받은 변호사는 같은 편일까? 처음에는 그런 줄 알았다. 하지만 많은 경우, 그렇지 않았다. 의뢰인들은 자신의 치부를 숨기는 경향이 강했다. 간단히 말해 자기에게 불리한 건 말하지 않는 것이다. 그게 심각한 사안이면 재판에서 결정타를 맞을 수 있다. 상대편 때문이 아니라 수임자 때문에 불리해지는 것. 자충수가 되는 것이다.

창규는 이미 그런 수난을 겪었다. 그렇기에 신보라의 속내 또한 창규가 알아야 할 과제의 하나였다.

신보라.

어떻게 재벌 차재윤과 인연이 되었을까?

둘은 인터내셔널 모델 대회에서 만났다. 당시 그 대회는 한국에서 열렸다. 신보라가 초청되었는데 가까운 자리에 차재윤이 있었다. 후원자 자격으로 초대된 차재윤과의 첫 조우였다.

차재윤은 그녀에게 있어 백마 탄 왕자였다. 세련된 외모를 가진 재벌 2세. 당시 경영자 수업을 받고 있던 그는 이미 그룹의 실권을 절반쯤 장악한 상태였다.

하지만 차재윤은 백마의 왕자가 분명했으되 동화 속의 왕자처럼 신보라에게 올인하지는 않았다. 그가 신보라에게 연정을 바친 건 그녀를 그물로 끌어들이는 과정까지였다.

남자가 여자를 대하는 스타일은 몇 가지가 있다.

―섹스 후에도 시선이 그윽한 남자=여자를 사랑하는 사람.

―저 혼자 잠에 떨어지는 남자=의무 방어를 한 사람.

―일어나 담배를 피우거나 여자에게 뭘 시켜 먹는 사람=엔조이한 사람.

농담처럼 떠도는 그 말이 맞다고 느끼는 데는 오랜 시간이 걸리지 않았다.

차재윤과의 결혼은 세상의 이목을 한눈에 받았다. 연예가에서도 신데렐라였던 그녀는 신혼 생활도 신데렐라였다. 그녀에게는 거대한 자택이 통째로 주어졌다. 성(城)만한 크기였다. 하지만 그 성은 곧 감옥이 되었다.

재벌가.

그건 유명인이었던 그녀조차도 넘볼 수 없는 장벽이었다. 그녀는 알게 되었다. 그녀 자신, 그저 재벌가를 밝히는 전등의 하나에 지나지 않는다는 걸. 그들의 행사나 모임에 분위기 메이커로 끌려가는 얼굴마담에 지나지 않는다는 걸.

"우리 며느리예요."

"오!"

"유명한 연기자예요."

"와우!"

"제 집사람입니다."

"와아!"

그 몇 마디가 끝나면 이어지는 질문은 연예계의 루머들이었다.

―누구누구가 성질 더럽다며 사실이에요?

―누구랑 누구랑 사귄다던데 사실?

―누구가 신인을 성폭행하고 합의금으로 3억을 뜯겼다던데 사실?

화제는 대략 그랬다. 그것마저 신혼 초 이후에는 시들해졌다. 성 안에 홀로 켜진 전등에는 신보라만 남았다.

차재윤은 비즈니스 때문에 일 년의 반 이상은 집에 들어오지 않는 사람. 신보라는 마침내 알게 되었다. 가장 화려한 결혼이었지만 알고 보니 가장 화려한 감옥에 들어와 있다는 걸.

그 즈음부터 차재윤의 외도가 시작되었다. 심증은 갔지만 확증이 없었다. 남편의 옷은 가정부가 빨았고, 남편의 사생활은 비즈니스의 일환이었다. 법적으로는 그의 아내였지만 그의 소재를 파악하려면 비서를 통해야 할 정도였다.

그래도 그녀에게는 연예계 지인들이 있었다. 선후배 연기자들이 가지고 있는 안테나. 차재윤의 외도가 아무리 은밀하다고 해도 세상 모두의 시야를 벗어날 수는 없었다.

—이혼해야겠어.

—더 늦기 전에……

—이 화려한 감옥을 나갈 거야.

세 번째 외도 사실을 들었을 때, 신보라는 결심했다. 그에 대한 보상은 단 하나였다. 딸아이 차미래. 그녀의 이혼 목적은 명백했다.

리딩을 끝낸 창규가 고개를 끄덕였다. 그녀는 창규를 속이지 않았다. 그녀가 속인 것은 차재윤과의 잠자리에서 일어난 일뿐이었다. 차재윤은 절정에 닿을 때가 되면 천박해졌다. 그걸 입에 담지 않았다. 현숙한 여자다운 일이었다.

"보시죠. 피고 쪽에서 새로 주장하는 사안입니다."

창규가 서류를 내밀었다. 피고 쪽 변호사들이 보강한 의견서와 소장에서 요점을 추린 것들이었다. 그건 차미래의 미래에 대한 로드맵이었다. 말하자면 양육 계획서를 써낸 것이다.

—지성과 교양을 바탕으로 균형잡힌 글로벌 인재로 키우기 위한 20년 계획.

제목을 붙인다면 그쯤이 될 것 같았다. 실현을 위한 방안이 구체적으로 나왔다. 집안 가계도와 더불어 우월한 유전자를 강조했다. 중고교부터 유학까지 구체적으로 적시한 안. 국내외를 아울러 최고의 인재이자 세계적 리더로 양육하려는 의지가 엿보였다. 적어도, 서류만으로는!

"이건 사육 프로그램이지 양육안이 아니에요."

신보라가 단칼에 잘랐다.

사육.

살 떨리는 단어였다. 차재윤에 대한 불신의 벽이 얼마나 높은지 알 것 같았다.

"문제는 법원에서는 그런 구체적인 걸 좋아한다는 겁니다."

"이해할 수 없어요. 아이는 프로그램으로 키우는 게 아니라 사랑으로 키우는 거라고요."

"하지만 판사는 계량화된 것에 더 큰 점수를 줍니다."

"하긴 남편이 그런 쪽의 촉이 밝죠. 입으로 하는 일, 조직으로 하는 일."

"방금 사랑으로 키운다는 말을 하셨는데… 그럼 차재윤 씨는 미래를 사랑하지 않았나요?"

"입으로야 110점 아빠죠. 아이 앞에서는 세상의 최고 아빠처럼 행동해요. 문제는 다 허풍에 공수표라는 거죠. 함께 하는 날도 일 년에 몇 번 없는 데다, 약속이라고 해야 다 돈으로 밀어붙이는 일이거든요."

"아이에게 신용이 없다는 말이군요?"

"거의 그래요."

"사례를 조목조목 좀 적어주시겠어요? 반론으로써 필요할 지도 모릅니다."

"그러죠."

"객관적으로 쓰셔야 합니다. 남편 분이 아니라 판사들에게 먹혀야 합니다."

"알았어요."

신보라가 메모를 쓰기 시작했다. 메모에 적힌 건 모두 열두 차례였다.

"이번에는 사모님 걸 좀 적어주시겠어요? 단 둘이 있을 때 일어난 일보다 증인이 있는 일을 중심으로 써주세요. 특별한 경우라면 딸과 둘만 아는 일도 무방합니다만."

창규의 요청을 받은 신보라가 기억을 더듬기 시작했다.

많았다.

당연히 그럴 수밖에 없었다. 신보라가 딸의 양육을 거의 전담했기 때문이었다.

"이 정도면 될까요?"

종이를 가득 메운 신보라가 창규에게 물었다.

"네, 하지만 추가할 게 있으면 언제든 말씀하세요."

"그렇게 하죠."

신보라는 창규의 의견을 기탄없이 수용했다.

"아, 혹시 미래가 가장 무서워하는 것도 아세요?"

창규가 화제를 돌렸다.

"벌레예요. 어릴 때 별장에서 벌에 쏘인 적이 있는데 그때부터 벌레는 다 싫어해요."

"무슨 벌이었죠?"

"말벌이었어요. 다행히 침이 깊이 들어가지는 않았지만 아이가 놀라서 보건지소까지 데려갔었어요. 그때 충격이 아직까지도 작은 트라우마로……."

"남편분도 거기 있으셨나요?"

"우리가 먼저 도착하는 바람에 그이는 나중에 알았어요. 아이는 그러면서 크는 건데 그만한 일로 호들갑이라고 핀잔만……."

황당!

말벌은 위험하다. 아무리 현장에 없었기로 그런 말이라니……

"미래가 말하기를 아이돌 가요 공연을 좋아하는데 아빠가 못 가게 한다고 해요. 혹시 그걸 막는 사연 같은 게 있나요?"

"남편 속내는 제가 스포트라이트를 받는 게 싫은 거죠. 혹시라도 기자들 만나면 자기 이야기가 나올까 우려도 될 테고……."

"좋아하는 건요?"

"스케이트보드 타는 거 하고 떡볶이요. 저를 닮았는지 떡볶
이를 좋아하고요, 보드는 애 아빠가 위험하다고 못 타게 해서
조금 하다 말았어요. 그런데 그런 건 왜요?"

"아, 아닙니다."

그사이에 미래가 돌아왔다. 교차 정리는 그쯤으로 마감을
했다.

양육권과 친권.

법원의 기준은 비교적 명쾌했다.

―자녀의 양육에 있어 적합한 양육 환경.

―자녀의 양육에 있어 더 좋은 조건.

―자녀의 양육에 있어 더 좋은 자격.

―자녀의 양육이 있어 더 좋은 정서적 친밀감.

양육자격은 신보라가 압도적이지만 법은 재벌 차재윤에 가
깝다. 어떻게 그 거대한 물결을 막아내고 정의라는 작은 기적
을 이룰 수 있을까?

정의.

재벌과 대형 로펌을 상대로 하는 경우에는 한없이 초라하
고 무기력하지만 여전히, 포기할 수 없는 가치가 분명했다.

'아킬레스건을 찾아야지.'

골리앗을 꿇렸던 다윗의 돌팔매. 재벌과 로펌이라는 거인의 심장을 관통할 작은 돌팔매의 기적을……

창규의 전의에 푸른 날이 서고 있었다.

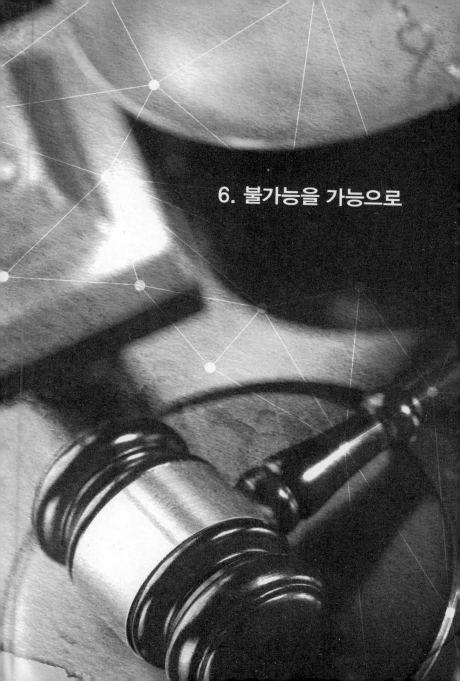

6. 불가능을 가능으로

첫새벽, 창규가 눈을 떴다. 별로 피곤하지 않았다. 참 이상한 일이다. 찌질하게 살 때는 푹 자도 피곤했었다. 그런데 열정이 가득한 지금은 몇 시간만 자도 괜찮았다. 눈만 뜨면 사무실에 나가고 싶은 것도 큰 변화였다.

"아빠!"

고등어구이에 갓 구운 김으로 배를 채우고 나갈 때 승하가 잠에서 깨었다.

"아이코, 우리 공주님."

창규가 승하를 안아 올렸다.

"뽀뽀하고 가야지."

"미안, 어디다 할까?"

뽀뽀는 이미 잠자는 볼에다 했지만 승하 기분에 맞춰주었다.

"여기."

승하가 빵빵한 볼을 내밀었다. 정말이지 아이들의 볼은 왜 이렇게 귀여움이 덩어리로 부풀어 있을까? 아프지만 않다면 콱 깨물어주고 싶은 볼이었다.

쪽!

소리가 나도록 키스 작렬.

"여기도."

욕심 많은 승하가 반대편 볼을 내밀었다.

쪽!

못 할 게 뭔가?

"여기도 해줘. 어제도 그냥 갔잖아?"

어거지까지 동원해 이마를 내미는 승하. 어제 역시 잠잘 때 했으니 원천 무효로 하려는 어린 분부에 따랐다.

"아빠, 안녕히 다녀오세요."

승하가 꾸벅 배꼽인사를 해왔다. 아이들은 정말 뭘 하든 귀여움 투성이다.

"한 원장님이 당신 얘기를 했어요."

현관문 앞에서 아내가 입을 열었다.

"응?"

"요즘 바쁘시냐고……."

"다른 말씀은 없고?"

"그냥 그렇게만 물었어요."

"알았어요. 내가 시간 되면 전화해 볼게."

"운전 조심해요."

아내가 키를 내주었다. 그 이마에도 키스를 남겨주었다.

"아빠, 나도!"

승하가 또 이마를 들이밀었다. 거절할 수 없어 한 번 더 키스 작렬.

차는 햇살을 따라 도로에 올라섰다.

오늘은 양학수의 2차 조정일.

운명의 주사위가 던져지는 날이었다.

'이찬준이 어떻게 나올까?'

신문사 사주를 떠올렸다. 그날, 그 일 후로 배달일보사 쪽에서는 별다른 반응이 없었다. 상대방 변호인단도 그랬다.

'그냥 씹어버린 건가?'

그럴 수도 있었다. 이 소송에서 유리한 고지를 선점한 건 피고 측이었다. 원고인 양학수의 주장은 구체적인 피해 입증에서 약했다. 그렇기에 각개격파에 나섰던 창규. 이렇게 되면 판사 공략까지도 고려해야 할 상황이었다.

　신호등 앞에서 조수석의 서류를 집었다. 판사에 대한 기록이었다. 윤여도 회장의 경우를 회상했다. 더구나 이 소송은 그와 달라, '전관예우'나 '윗선 지원'을 받는다고 해도 무리가 되지 않을 일이었다.

　'이철훈 판사.'

　판사 이름을 뇌일 때 전화기가 울렸다. 피고 측 변호인이었다.

　"강창규 변호사?"

　"그렇습니다만."

　창규가 블루투스를 이용해 전화를 받았다.

　"좀 만납시다."

　뜻밖의 제의가 들어왔다. 창규는 사무실로 향하던 차의 방향을 돌렸다.

　"여깁니다."

　언저리너쓰 커피점에서 손영훈이 손을 들었다. 옆에는 그의 팀원으로 일하는 변호사가 동석하고 있었다. 원래는 태종으로 오라던 요청. 창규가 거절했다. 이 소송의 원고는 창규 쪽이었다. 피고 쪽 입맛대로 맞출 생각은 없었다.

　'무슨 변화일까?'

　법원에서 만나면 될 것을 굳이 사전 만남을 원한 손영훈.

합의안을 내밀려는 걸까?

백기 투항 하라는 통보일까?

방심하기 어려웠다.

"잠깐만요."

둘 다 커피를 끼고 있길래 카운터로 향했다. 얻어먹고 싶은 마음은 없었다. 그런데…….

"어, 강 변호사님!"

카운터의 여학생 알바가 반색을 했다. 그녀였다. 작년에 창규 사무실을 찾아왔던 여대생. 남자친구가 공무원 시험을 보려는데 결격 사유가 궁금하다며 상담을 했던 학생이었다. 별것 아닌 일이라 무료 상담을 해줬던 창규. 그런 그녀를 이런 데서 만난 것이다.

"알바해?"

"네, 와아, 이런 데서 변호사님을 만나다니…….."

"남친은?"

"작년은 미역국인데 올해는 자신 있대요. 저, 변호사님 커피 무료로 드릴게요."

"그거 말고 다른 부탁이나 좀 들어줘."

"뭔데요?"

"저기 저분들 있지?"

창규가 슬쩍 손영훈 쪽을 가리켰다. 그런 다음 소곤소곤 부탁 말을 남겼다.

"그런 거라면야 백 번이라도……."

여종업원이 웃었다.

"오후에 조정이 있는 거 알죠?"

커피를 들고 앞자리에 앉자 손영훈의 포문이 열렸다.

"그럼요."

"그 전에 우리끼리 정리하고 싶은 게 있어서 말이오."

"예……."

"오늘 우리 측 증인이 두 명 오기로 했습니다. 그중 하나가 박찬종이라고 문제의 사진 속에 함께 있던 사람이오."

"예……."

"그런데 당신, 우리 의뢰인을 만나 협박을 했소?"

"협박이라고요?"

"어제 편집국장에게 전화가 왔었소. 당신이 사주를 찾아왔는데 사주께서 화가 많이 났다고……."

"……?"

"이거 명백한 반칙 아니오?"

"반칙이라뇨? 요즘 몸이 약해서 골프장 좀 알아보러 갔다가 우연히 보게 된 겁니다. 이유야 어쨌든 윗사람이니 인사를 한 것뿐이고요."

"당신, 우리가 로스쿨 갓 졸업한 초짜로 보이는 거요?"

손영훈의 목소리가 카랑해졌다.

"그런 생각한 적 없습니다."

"그래. 무슨 말을 한 거요?"

"방금 말씀드렸지 않습니까? 의례적인 인사라고⋯⋯."

"좋아요. 오죽하면 그랬겠소. 소송 전략이 안 먹힐 때는 지푸라기라도 잡고 싶은 법이지."

"로펌의 경우를 일반화하지 마십시오. 로펌이야 그런 목적으로 거액의 자문료를 주면서 고문까지 두고 있지만 저는 구멍가게입니다."

"그렇게까지 그 영상과 캡처 사진을 삭제하고 싶소?"

"간절하지 않다면 의뢰인이 소송을 벌였겠습니까?"

"이 소송은 원고 측에 승산이 없소."

"그건 피고 측이 결정할 문제가 아닐 텐데요?"

"이봐요. 우리 팀장님은 지금 당신 면을 세워주려는 겁니다."

옆에 있던 변호사가 분위기를 조성하고 나섰다.

"어떻게 말입니까?"

"솔직히 당신 측 주장은 추상적이라 재판부에 어필되지 않을 거요. 하지만 소장 자체의 정서는 공감하오."

손영훈은 능청을 떨며 말을 이었다.

"솔직히 말하면 나도 이런 미미한 소송으로 당신처럼 젊은 변호사의 앞길을 막고 싶은 생각은 없소. 게다가 우리 팀에는 지금 외국 기업을 상대로 하는 지적재산권 분쟁 의뢰가 들어와서 여기다 전력을 낭비할 생각도 없고……."

"……."

"그래서 말인데 소송 취하 하시오. 그럼 우리 로펌 측의 스카우트 계획도 계속 유효하고 그쪽 주장의 일부 정도는 수용할 수도 있소이다."

소송 취하!

손영훈의 목적은 그것이었다. 원고를 꿇려 자신의 위세를 과시하고 싶은 것. 태도를 보니 사주의 오더가 전달되었다. 속내는 모르지만 한발 물러선 건 확실했다. 그걸 자신의 자비로 포장하려는 것이다.

─지상에서 가장 이기적인 인간집단, 법조인.

한 번 더 그 말을 실감하는 창규였다.

확인에 착수했다. 창규의 쌍식귀가 벼락처럼 출격했다.

[배달일보사 양학수 소송 건]

[가장 최근]

두 개의 옵션을 넣자 골방이 나왔다. 전문 횟집이었다. 잘 차려진 도미회를 놓고 마주 앉은 사람은 편집국장과 손영훈.

"사주께서 심경의 변화가 있다고요?"

정종 잔을 받아든 손영훈의 목소리가 갈라졌다.

"그렇게 되었습니다."

"지금 저쪽 주장을 받아주자는 겁니까?"

"사주님 생각이……."

"말도 안 됩니다. 소장과 1차 조정에서 보듯이 이 청구는 이유가 없습니다. 무조건 이기는 싸움이라고요. 다른 본보기를 위해서도 반드시 이겨달라고 하지 않았습니까? 그래서 미국 연방 법원 자료까지 들이댄 거고… 내일 우리 측 증인이 뜨면 이건 그냥 셧아웃되게 되어 있습니다."

"그럴 가능성이 높다는 거 알고 있습니다."

"그런데 왜요?"

"그쪽 변호인이 사주를 찾아왔던 모양입니다."

"막말로 협박이라도 받은 겁니까?"

"그건 아닌 거 같습니다."

"황당하군요. 전례로 남으면 신문사에도 좋을 게 없는 일인데……."

"사주님 뜻이 그렇습니다. 내일 저쪽에서 대안을 내놓을 것 같은데 대승적인 차원에서 양보하는 걸로 하고 수용하라는……. 결과와 상관없이 수임료는 계약대로 지불하게 될 겁니다."

빙고!

편집국장의 입을 통해 진실이 나왔다.

순수의 자극. 그 전략이 먹힌 것이다.

하지만 다이렉트가 아니라 한 다리를 건너 도달했다. 최전방에 나섰던 손영훈의 입장에서는 닭 쫓던 개가 된 꼴. 그 자신 스스로 이 분야의 최고로 생각하던 손영훈이었다. 자칫 허접한 변호사에게 깨졌다는 불명예가 새겨질 판. 잘난 법조인의 생리상 네, 하고 물러서기 어려웠다.

―증인 박찬종.

로펌의 승부수로 준비된 박찬종. 그렇다면 그의 법정 출두는 어떻게 되는 것일까? 확인 리딩에 들어갔다.

아침, 모닝 미팅 장면이 나왔다. 커피가 보였다. 팀 변호사와의 전략 회의였다.

"그렇게 되면 증인 신청도 의미가 없지 않습니까?"

변호사가 아픈 곳을 찔렀다.

"……."

"철회할까요?"

"아니, 그대로 진행해."

손영훈이 칼칼하게 반응했다.

―그대로 진행.

그 한마디로 손영훈의 전략은 명쾌해졌다. 기어이 명분을 챙기겠다는 얘기였다. 조정실에서 창규의 숨통을 눌러 위엄을 과시한 후에야, 자비를 베푸는 척 사주의 오더를 던져주겠다는 속내.

'치졸한……'

창규가 혀를 챘다.

"죄송하지만……"

싸아한 시선을 세운 창규, 묵직한 돌직구를 꽂아버렸다.

"소 취하하지 않습니다. 끝까지 다퉈보겠습니다."

"……?"

"더 할 말이 없으시면 이따 법원에서 뵙겠습니다."

창규가 일어섰다. 등 뒤로 뜨악해지는 두 변호사의 시선이 느껴졌다. 어차피 사주가 내린 결단. 의뢰를 받은 변호인단이 엎을 수는 없었다. 게다가 창규의 노력 위에 무임승차, 아니 그 모든 것을 자신의 선심인양 포장하려는 불손한 의도에 따를 수 없었다.

'증인을 내세워 나를 닦아세우겠다?'

쉽지는 않을걸?

창규도 나름 대안이 있었다.

첫 번째 대안이 될 여종업원이 창규 뒤를 따라 나왔다.

"변호사님 사진, 문자로 보냈어요."

"고마워."

창규는 인사를 잊지 않았다. 여종업원에게 부탁한 건 사진이었다.

두 번째 대안은 이제부터 행동으로 옮길 생각이었다. 목표물은 손영훈이 결정타로 마련한 증인 박찬종. 증인은 아직 증인대에 서지 않았다. 그가 어느 쪽으로 기울지는 신만이 아는 일이었다.

넉넉하지는 않지만, 시간은 충분했다.

끼익!

오후 2시 직전, 창규 차가 법원 앞에 섰다. 수행자는 사무장 정수라였다.

"기분 어때요?"

차에서 내린 창규가 물었다.

"변호사님 표정 보니 덩달아 좋은데요?"

"그럼 샘플은요?"

"여기요. 사진도 말씀하신 장면만 골라서 함께 넣었어요."

사무장이 봉투를 내밀었다.

"저녁 회식 근사한 데로 잡아놔요. 내일부터는 더 센 상대를 적으로 전력투구해야 할 테니."

"변호사님."

"왜요?"

현관으로 향하던 창규가 돌아보았다.

"너무 질러가시면……."

"샴페인부터 터뜨리면 안 된다?"

"변호사님을 믿지만……."

"좋은 자리 예약 찰까 봐 그래요. 저번에도 원하는 데로 못 갔다고 섭섭해했잖아요."

"진짜 지금 예약해요?"

"오케이!"

창규는 손을 들어 보이며 직진했다. 오전 내내 바빴던 창규였다. 그럼에도 지친 표정 하나 없었다. 그래서 마음이 놓였다. 거대 언론을 상대하면서도 거침없는 행보. 사무장의 눈에는 법정으로 향하는 창규가 마치 형 집행을 하러 가는 저승사자처럼 보였다.

"그럼 시작해 볼까요?"

판사가 자리를 잡으면서 2차 조정이 시작되었다. 원고 측은 창규 혼자였고 피고 측은 손영훈과 수하의 변호사까지 둘이었다.

"새로운 주장이 있으면 들어볼까요?"

판사가 변호인들을 바라보았다.

"원고 측 변호사가 우리 측 사주를 만나 협박을 한 정황이 있습니다. 이는 온당한 처사가 아닙니다."

손영훈이 즉각 포문을 열었다.

"사실입니까?"

판사가 창규를 바라보았다.

"모처에서 우연히 보게 되어 인사를 한 것뿐입니다. 사실관계 확인이 필요하면 당사자에게 직접 확인하셔도 좋습니다."

"피고 측은 단어 선택에 신중하시기 바랍니다."

판사의 가벼운 경고가 날아갔다.

"기 주장한바 이 청구는 이유가 없습니다. 재판부의 참작을 바랍니다."

"이유 있습니다."

창규가 갈기를 세우며 맞섰다.

"원고의 청구는 사진 속 인물들의 이해관계와도 직접적으로 배치됩니다. 사진 속 인물의 한 사람인 박찬종을 증인으로 신청합니다."

증인 박찬종.

손영훈은 끝내 회심의 카드를 뽑아들었다.

"어떤 이해와 배치된다는 겁니까?"

판사가 물었다.

"증인 박찬종은 원고가 삭제를 주장하는 영상과 사진이 한 사람의 의사에 따라 결정될 수 없다고 강변하고 있습니다. 그들 모두에게 숭고한 의미이기에 혹시라도 삭제 판결이 나온다면 가처분소송을 낸 후에 정식으로 재판부에 소를 제기하겠다고 합니다. 그렇게 생각하는 사람은 한둘이 아닙니다."

"그렇게 생각한다는 사람들을 정확하게 밝혀주십시오."

창규가 이의를 달고 나섰다.

"본 변호인이 확인한 사례만 해도 10여 명입니다. 증인 박찬종이 그들을 대표해서 출석하는 것으로 보시면 타당합니다."

"채택합니다."

판사의 허락이 떨어졌다. 손영훈은 회심의 미소를 머금으며 창규를 바라보았다.

—어때? 이 애송이.

그런 눈빛이었다.

박찬종이 들어왔다. 빈 의자에 앉았다. 조정 중이기에 증인 선서는 생략했다.

"증인은 양학수와 어떤 관계입니까?"

손영훈의 질문이 시작되었다.

"노동운동을 같이 한 사람입니다."

"이날도 처음부터 끝까지 같이 시위를 벌였죠?"

손영훈의 손에서 문제의 캡처 사진이 팔랑거렸다.

"예."

"증인은 이 캡처 사진과 영상이 신문사의 기사나 데이터베이스에서 삭제되는 걸 원하지 않는다고 하셨죠? 만약 삭제 청구가 받아들여지면 소송도 불사하시겠다고?"

질문을 던진 손영훈이 느긋하게 증인을 주시했다. 이제 대답만 나오면 그의 페이스가 될 판이었다. 그런데 창규를 슬쩍 돌아본 증인에게서 뜻밖의 목소리가 새어나왔다.

"그런 말을 한 적 없습니다."

"……?"

콰앙!

대답을 기다리던 손영훈과 그의 수하 변호사 뇌리에 천둥벼락이 치는 게 보였다.

"방, 방금 뭐라고 했습니까?"

재확인에 돌입하는 손영훈.

"그런 말 한 적 없다고요."

"……!"

"이, 이봐요. 당신은 분명……."

"피고 측은 지금 증인의 대답을 자신들의 입장에 맞춰 강요하고 있습니다."

창규가 들고 나섰다.

"인정합니다."

판사가 선을 그었다.

"당신, 이 영상과 캡처 사진이 삭제되어도 좋단 말입니까? 당신들 모두의 기록인?"

"수십 년 전 일입니다. 그때는 몰라도 지금은 그 영상과 사진의 존재 유무에 대해 큰 관심이 없습니다."

"증인!"

창규가 증인을 향해 말했다.

"한 번 더 말해주십시오. 이 영상과 사진이 삭제되는 것에 대해 반대하는 입장이 아니죠?"

"그렇습니다. 저는 단지 영상에 대한 의견이 필요하다고 해서 응한 것뿐입니다."

그의 대답은 명쾌했다. 더 명쾌한 건 봉투였다. 증인이 나가면서 봉투를 손영훈에게 건네준 것.

"뭡니까?"

"아, 아무것도 아닙니다. 저희가 보낸 조정 안내문……."

판사의 말에 대답하는 손영훈, 온몸이 떨렸다. 그의 이마는 흘러내리는 땀으로 흥건했다. 봉투의 비밀은 창규가 알고 있었다. 손영훈 측이 건네준 사례비였다.

"진실을 밝히지 않으면 회사에 통보하겠습니다."

오는 길에 증인을 만난 창규, 폭탄 선언을 안겨주었다. 증인은 대기업의 노동조합을 이끌면서 몇 가지 비리를 가지고 있었다. 그걸 빌미로 협상을 했던 것.

그때까지도 손영운의 동공은 허공을 헤매고 있었다.

"재판장님!"

그쯤에서 창규의 몰아치기가 시작되었다.

"방금 증인의 사례에서 보았듯이 피고 측에서 주장하는 10여 명 반대자의 존재도 확신할 수 없습니다. 만약 피고 측 주장이 사실이라면 이 자리에서 전화번호와 이름을 재판부에 공개할 것을 요청합니다."

"……!"

"나아가 피고 측 변호인단은 원고 측 변호인에게 소의 취하를 강권했습니다. 이거야말로 거대 로펌의 법질서 훼손이며 정당한 재판 권리를 침해함과 더불어 재판부에 대한 심각한 도전이라고 생각합니다."

창규가 사진 두 장을 판사에게 건넸다. 커피전문점 풍경이었다. 창규를 압박하는 장면이었다. 거만과 위압의 분위기가 잘 담겨 있었다. 커피점에서 여종업원에게 부탁했던 그것. 어린 친구들의 핸드폰 사진 촬영 실력은 제법 쓸 만했다.

"……."

사진을 확인한 손영훈은 방전(放電) 직전까지 치달았다. 체면을 살리려던 공세가 치욕으로 돌아온 것이다. 판사의 심정적 지지를 확인한 창규, 마침내 확인 사살을 감행했다.

"존경하는 판사님, 피고 측에서는 본 청구를 역사의 일환으로 묶고 있지만 사실은 한 개인사일 뿐입니다. 신문의 보도 사명은 이 사진이 찍힌 신문이 발행됨으로써 다했다고 봅니다.

그러나 신문이 공익과 기록의 명분으로 보전을 원하니 청구인은 그 입장을 존중해 대안을 제시하고자 합니다."

창규는 손영훈을 정면으로 겨누며 말을 이었다.

"청구인이 최후에 제출한 의견서 289쪽 8행에 적시된 미국의 판례를 보면 아버지의 사진을 캐리커처로 바꾸는 판례가 적시되어 있습니다. 신문사는 기사 보전의 목적을 충족하고 청구인들 역시 실익을 얻은 케이스이니 이번 청구에 적용해볼 직한 사례라고 생각합니다. 캡처 사진은 그림으로 대체하고 동영상은 청구인 양학수가 나오는 장면만 삭제하는 방안입니다. 어떻게 생각하시는지요?"

창규가 그림 샘플을 꺼내들었다. 그 모습은 마치 수천 년 고고한 거목처럼 보였다.

"원고의 합의안 제시에 대해 피고 측의 의견은 어떻습니까?"

판사가 손영훈에게 물었다.

"……."

"의견을 묻고 있지 않습니까?"

"끙!"

손영훈의 입에서 신음이 새어나왔다. 조정실의 분위기는 그가 꿈꾸던 것과 반대로 전개되고 있었다. 지금쯤 애송이 강창규를 몰아붙여 자비의 조각을 던져줄 시간. 하지만 목이 졸리고 똥줄이 타는 건 정작 손영훈 자신이었다.

"피고 측!"

판사의 목소리가 높아졌다. 고개를 들던 손영훈, 그 시선이 창규와 마주쳤다. 창규의 시선은 증인이 놓고 간 봉투에 있었다. 마치 그 안에 뭐가 들었는지 안다는 표정이었다. 결국 손영훈의 입이 열렸다.

"대승적 차원에서 수용… 하겠습니다."

풋!

창규, 코웃음이 터질 뻔했다.

대승적 차원이라니……

제 덫에 걸려 허우적거리면서도 허세찬란한 수사를 붙이는 손영훈. 그래봤자 그 얼굴은 구제불능으로 구겨진 후였다.

"기 청구된 캡처 사진의 그림으로의 대체, 동영상은 청구인 양학수 노출 부분의 부분 삭제. 그렇게 조정이 된 것으로 하겠습니다."

판사의 말이 뒤따랐다.

땅, 땅, 땅!

소송이 조정으로 끝나는 순간이었다. 조정실 분위기는 창규의 일방적인 승리. 창규는 오른손이 터져라 주먹을 쥐었다.

'후우!'

손영훈은 봉투를 숨긴 채 제 한숨을 밟으며 멀어졌다. 오줌을 지리지 않은 게 다행이었다.

"와아아!"

주차장에서 대기 중인 사무장과 상길이 박수를 보내왔다. 둘은 양 엄지를 세우고도 부족한 표정이었다. 창규는 즉시 양학수에게 상큼한 소식을 전했다.

"아이쿠, 변호사님!"

양학수는 비명부터 질렀다. 그의 숨통을 조이던 '영상'이 사라진 것이다.

"고맙습니다. 정말 고맙습니다. 내 당장 서울 올라가겠습니다."

"아닙니다. 그럴 시간 있으시면 사모님 병간호나 잘하세요."

"아이고, 그러면 사람 도리가 아니지요. 이제야 내 심장에 얹혔던 바위를 치운 기분입니다."

양학수는 거듭 인사를 해왔다.

창규는 사주와 편집국장에게도 인사를 전했다. 사주의 공감과 양보가 아니었으면 쉽지 않았을 일. 그렇기에 인사가 마땅하다고 생각한 것이다.

"건배!"

창!

수제 만맥 치맥집에서 생맥주잔을 부딪쳤다. 사무장이 원한 곳은 유기농 재료로, 수제로 만든 만두 치킨 맥주집이었다. 맥주는 테이블 위에 딸린 파이프에서 나왔다. 갓 발효가 끝난 걸 먹는 것이다. 만두와 치킨도 맛이 달랐다. 유기농 만두소와 산에서 방목한 닭을 이용한 치킨. 비린내조차 없었다.

"변호사님!"

미혜의 목소리가 테이블 위에서 굴렀다.

"이것 보세요. 캡처 사진이 그림으로 바뀌었어요."

미혜가 검색된 화면을 내밀었다. 아침과는 다른 장면이었다.

"우와, 빠른데요?"

상길이 감탄사를 쏟아냈다.

"정말 그러네요. 한두 달 미적거릴 줄 알았는데."

사무장도 반가운 표정을 지었다.

"우리 변호사님, 무서운 걸 아는 거죠. 그러니까 알아서 기는 거 아니겠어요?"

상길의 신뢰가 하늘을 찔렀다.

"이번 합의는 배달일보사 사주의 용단 덕분에 쉽게 해결이 된 거야. 그러니까 상대방을 폄훼하지 말자고."

창규가 겸허하게 말했다.

"어유, 변호사님 저 우월한 인간성……."

미혜는 뻑 간 표정을 풀지 못했다.

"당연하지. 우리 선배님, 태종에서 스카웃 당근까지 내밀며 누르려 했는데 그것조차 거부하고 이기셨잖아?"

일범이 혀를 내둘렀다. 바로 그때 창규의 핸드폰이 울렸다.

"어, 교수님?"

발신자는 황태웅이었다.

"자네 강남 쪽에 있다고 했었지? 주소 좀 찍어주겠나?"

"주소요?"

"부탁하네."

오래지 않아 황태웅과 양학수가 도착했다. 지방에서 바로 날아온 모양이었다.

"강 변호사, 정말 고맙소."

양학수가 창규의 손을 잡았다.

"뭘요. 운이 좋았는걸요."

"아니오. 강 변호사니까 할 수 있었던 일이오. 투병 중인 아내에게 고백을 했더니 몇 달 만에 처음으로 말문이 터졌소. 고맙다고……."

노 교수의 눈에서 눈물이 쏟아졌다.

"닥터 말로는 기적이라고 하더이다. 어쩌면 호전이 될 것도 같다고……."

"잘됐네요."

"여러분, 내 늙은 주제지만 나도 좀 끼워주려오? 오늘은 좀 마시고 싶습니다만."

"물론이죠. 오늘의 주인공은 바로 교수님이십니다. 다들, 승소하신 교수님께 박수!"

"와아!"

짝짝짝!

박수가 울려 퍼졌다. 양학수의 눈은 뜨겁게 젖어 있었다. 그는 한 잔의 생맥주를 원샷으로 해치워 버렸다. 그리고는 홀에 가득한 손님들을 향해 외쳤다.

"여러분, 여기 이 사람이 강창규 변호사입니다. 오늘 제가 수십 년 애를 끓이던 소송을, 그것도 무려 특급 로펌과 신문사를 상대로 싸워서 승소해 줬어요. 제가 기분이 좋아서 여러분 모두에게 한 잔씩 내겠습니다. 바쁘지 않으면 함께 건배해 주세요."

짝짝짝!

또 한 번의 박수가 감격처럼 실내를 흔들었다.

건배!

100여 술잔이 허공에 올라왔다.

"불가능을 가능으로 바꿔준 승소머신 강창규 변호사를 위하여!"

양학수가 소리쳤다.

"위하여!"

손님들도 소리쳤다. 창규는 허공에 붕 뜬 기분이었다. 이런 기분이라니… 이런 의뢰인이라니… 정말이지 변호사가 된 것이 격하게 행복한 밤이었다.

경사는 그다음 날까지도 진행형이었다. 어제 승소 소식이 기사화되자 홈페이지는 다운되었지만 멤버들의 분위기를 업시키는 소식이 온 것이다.

일범이 사무장과 진행한 소액 소송에서 상대방의 GG를 이끌어낸 것이다. 외국계 프랜차이즈 해피박스 커피 전문점을 상대로 한 소 제기였다. 소액 사건이라 아무도 손 내밀지 않는 소송. 하지만 상담을 받은 사무장의 판단이 명쾌했다.

"이런 거 우리가 아니면 누가 하겠어요? 자료도 충실하니까 공익과 정의실현 차원에서 한번 하셨으면 좋겠어요. 우리 스타노모 이미지 제고에도 도움이 될 거고요."

창규가 상담 요지를 검토했다. 돈은 되지 않지만 가치가 있는 건이었다.

한마디로 거대 기업의 관행적인, 그러나 매우 쪼잔하고 저렴한 횡포였다. 이벤트에 당첨되면 매월 1회 국내외 고급 호텔 숙박권을 준다고 하고는 '매월 1회'를 '월 1회'의 오타였다며 한 번만 제공한 게 쟁점이었다.

당시 커피회사가 내놓은 고급 호텔은 동남아 기준의 ★★★★★급 호텔. 원화로 환산하니 1박 평균 28만 원대였다. 1회를 제공했으니 나머지 11회분을 더하면 약 300만 원대의 소송. 잘나가는 변호사에게는 급이 맞지 않는 수임료였고 초보 변호사에게는 번거로운 소송이라 나서는 사람이 없었던 것이다.

사무장은 관련 증거 자료의 존재까지 좌악 파악해 놓고 있었다. 당시 이벤트 사이트의 팝업 화면 캡처, 회사 담당자와의 대화록, 이에 대해 억울함과 성토를 쏟아놓은 카톡 내용까지.

상길의 의견도 기폭제가 되었다.

"이거 영국이 본사잖아요. 소송 제기하고 본사 마케팅 책임자와 오너 일가에게 영문 메일을 보내면 좋을 것 같습니다. 어쩌면 간단하게 끝날 수도 있습니다."

그 제안이 창규의 눈을 뜨게 만들었다. 다시 말하지만 소송이란, 꼭 판사의 손으로 승을 선언하는 게 아니었다. 소송 당사자들은 어찌 보면 치킨 게임의 카레이서와도 같았다. 서로 각을 세우고 무한 질주 한다. 하지만 어느 순간, 내가 작살날 것 같다는 생각이 들면 급 항복을 선언하게 마련이었다.

일범에게 전권을 줬다. 그에게도 실전 경험이 필요하기 때문이었다. 일범은 상길의 전략을 최대한 살렸다. 그 판단이 직빵이었다. 영국 본사로 이메일이 날아가기 무섭게 한국지사의 변호인에게서 전화가 온 것이다.

"만나시죠. 합의하겠습니다."

"와우!"

전화를 받은 일범이 환호성을 질렀다.

"와우우!"

창규를 비롯해 모두가 합세했다. 놀란 옆 사무실 직원들이 기웃거렸다. 붙임성 좋은 미혜가 설명하자 그들도 환호에 동참을 했다.

"우와아!"

소를 취하하는 대가로 원고 측이 요구한 배상금 전액과 위로금 100만 원을 이끌어냈다. 창규 사무실에 떨어진 수임료는 75만 원. 75만 원이 아니라 최소한, 7천 500만 원쯤의 무게였다. 소액 승소 기념으로 자선 단체에 전액 기부를 하며 또 한 번 개가를 올렸다. 덕분에 홈페이지는 또다시 다운.

창규가 걸어가는 승소머신의 꽃길, 이제는 일범도 단단한 축이 되어 가고 있었다.

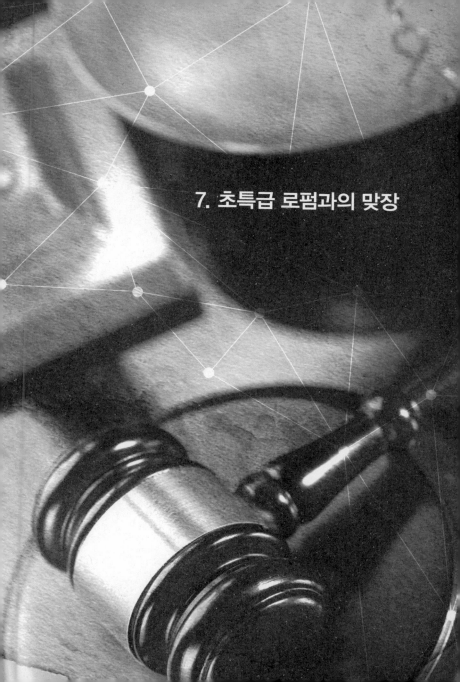

7. 초특급 로펌과의 맞장

신보라 건 올인!

양학수 소송이 끝나면서 그게 가능하게 되었다. 이른 아침, 모자를 눌러쓴 창규는 자연 선식 전문점에 있었다. 잠시 후에 차재윤과 그룹 임원진들이 들어왔다. 그들은 예약된 테이블 3개에 나누어 앉았다. 그다음 테이블 한 줄은 쫙 공석이었다. 다른 사람들에게 방해받지 않기 위한 방편으로 보였다.

창규 자리는 그다음 줄 테이블이었다. 신보라의 도움으로 선식집을 알아냈다. 일주일에 한 번, 조찬을 겸한 회동을 갖는 유니칼 전자 고위 임원진들. 차재윤의 모습을 볼 수 있는 구석 테이블을 예약한 창규였다.

"자, 그럼 자연을 맛볼까요?"

차재윤의 리드와 함께 그들의 식사가 시작되었다.

'저는 리딩 좀 하겠습니다.'

창규도 비즈니스에 착수했다.

순서대로 쌍식귀를 띄워놓았다. 식귀1을 앞세웠다.

[차미래]

식용 카테고리에 차미래를 넣었다. 신보라와 차재윤은 현재, 이혼은 사실상 인정하면서 자녀 친권과 양육, 재산 분할에 대해 유리한 고지를 원하는 상황.

[소송]

[친권]

[신보라]

키가 될 만한 파일을 뒤졌다. 관련 내용은 작설차 파일에서 나왔다. 그의 여동생과 어머니가 주인공이었다.

"신보라가 우리 집 와서 간덩이가 부었네."

첫마디는 여동생, 즉 시누이가 차지했다. 신보라보다 10살은 어린 시누이. 작심한 듯 폭주하기 시작했다.

"아직도 드라마와 현실을 구분 못 하는 거 아니야? 쥐뿔도 없는 집안 주제에 감히 양육에 친권까지 넘봐? 게다가 뭐 5,000억 재산 분할? 기가 막혀서 정말……."

미친년!

이 말은 꼬리말처럼 따라붙었다.

"걔 뒤에 누가 있는 거 아니냐?"

어머니도 지원 사격에 가세했다.

"그렇지 엄마? 내 생각도 그래. 누가 뒤에서 조종하기 전에는 드라마나 찍던 돌머리 주제에 무슨 배짱으로……."

시누이는 한술 더 뜨고 나섰다.

"그쪽 집안 떨거지들이 찌질한 머리 굴려서 코치하고 있겠지요."

차재윤이 날 선 심정을 토로했다. 패밀리는 완벽한 한통속이었다.

"오빠, 이거 냉정히 생각해야 돼. 솔직히 오빠 같은 남자가 사회 온갖 분야 지원하다가 여자 좀 만났기로 뭐가 그렇게 잘못이야? 우리 민 서방도 한눈팔다가 나한테 두 번이나 걸렸다고. 그래도 싹싹 비는 통에 그냥 넘어가 줬지. 그럴 때마다 이혼하면 대한민국에 이혼 안 할 여자가 어디 있어? 솔직히 저는 뭐 과거 없어? 내가 오빠 체면에 말 안 해서 그렇지 걔 결혼 전에 완전 걸레였더라고."

시누이 입에 거품이 물렸다. 여자의 적은 여자. 거기에 '시'
자 들어간 사람 무섭다더니 그 말 틀리지 않았다. 시누이는
자신의 사회적 지위와는 상관없이 저렴한 도발의 선봉에 서서
있는 말, 없는 말을 다 지어내고 있었다.

"어쨌든 본때를 보이거라. 이건 적반하장도 유분수지 딴따
라 하는 걸 데려다 품위 있게 살게 해줬더니 은혜도 모르고
물려고 들어? 배은망덕한 것……."

시어머니의 성깔도 만만해 보이지는 않았다.

"걱정하지 마세요. 로펌 수석 변호사 말이 한 50억이면 해
결될 거라고 하더군요. 까짓것 똥 밟은 셈 치고 던져준 다음
끝내지요."

"오빠는 속도 좋수. 50억은 무슨… 5억도 과분하지. 지가
우리 집에 와서 기여한 게 뭐가 있다고… 머리는 텅텅 소리
나는 게 우아한 척 꼴값이나 떨더니……."

"아무튼 제가 여자 보는 눈이 부족해서 이렇게 되었습니다.
정리되는 대로 심기일전해서 살겠습니다."

"그러거라. 처음부터 그렇게 안 맞았다니… 하긴 그 집안
수준이 거기까지였지."

부부란 헤어지면 원수. 그 말은 진리인 모양이었다. 이 가족
들의 반응만 봐도 알 것 같았다.

세 사람.

신혼 초와 완전히 반응이 틀렸다.

그때의 시누이는 이렇지 않았다. 그녀는 신보라의 팬이자 열렬 지지자였다.

"언니가 우리 오빠랑 결혼해서 너무 좋다."

"언니가 오니까 우리 집에 생기가 도는 거 있지?"

시어머니도 비슷했다.

"연기하면서 살림은 또 언제 이렇게 배웠느냐? 솜씨 야무지기는 전에 일하던 홍천 댁보다도 한 수 위로구나."

"성품이며 인품, 뭐 하나 빠지는 게 없네. 어쩜 이렇게 반듯하게 자랐을까?"

신혼여행 직후에 나온 평가였다. 신보라는 모두의 환영을 받았다. 성격이 밝고 온화해 찬모와 가정부들까지 그녀를 따랐다.

그 평가가 이렇게 뒤집힌 것이다. 차씨 집안의 자랑이었던 연예인 며느리 신보라는 이제 '죽일 년'이 되어 있었다.

그건 차재윤도 다르지 않았다. 신보라에게 구애를 할 때의 마음이 그랬다. 첫 데이트가 받아들여졌을 때, 둘은 동해안의 별장에서 만났다. 바다가 내려 보이는 언덕 위의 테라스였다.

"제가 세상에서 가장 벅찬 때가 언제인지 아십니까?"

일본산 편백나무 기둥을 짚은 채 차재윤이 물었다.

"뭘까요? 워낙 이루신 게 많은 분이니⋯⋯."

어린 신보라가 차분하게 웃었다. 당시의 차재윤은 중국과 유럽 시장 개척으로 하나의 신화를 이루고 있었다. 주당 120,000원 하던 주가도 80만 원 가까이 올려놓았다.

그것 외에도 세계 최초의 기술 개발, 미국과 일본의 경쟁 회사들 추월, 신기술로 로열티만 일 년에 수조씩 거둬들이는 혁혁한 전공을 세우던 마당이었다.

"바로 지금, 바로 당신⋯ 이렇게 함께 있는 지금입니다!"

차재윤은 진심이었다.

'이 사람을 가질 수 있다면⋯⋯. 내 모든 것을 잃어도 상관없어. 이 사람을 가질 수 있다면⋯⋯. 내 모든 것을 주고 싶어.'

그의 간절함은 밀려오는 파도보다도 더 확고해 보였다.

그랬던 차재윤⋯ 마음이 삐긋거리는 데는 불과 6개월도 걸리지 않았다. 6개월 후에 만난 미스코리아 이부용이 시작이었다. 재벌들의 만찬장에 나온 그녀에게 꽂혔다. 와인이 그 비밀을 속삭여 주었다.

"사장님이 결혼만 안 했어도 제가 대시하고 싶은데⋯⋯."

이부용의 도발적인 한마디가 시작이었다. 신보라가 거추장스럽게 여겨진 것이다. 차재윤의 여성 편력이 빛을 발하기 시작했다. 그 끝은 모 방송국의 간판 여자 앵커 박라인이었다.

그녀의 코너에 초대된 그날, 차재윤은 신보라를 마음에서 버렸다. 자신의 새로운 이상형(?)을 찾아낸 것이다. 차재윤에게 있어 사랑이란, 유효기간이 짧은 치명적 유혹과도 같았다. 좋게 보면, 가진 자로써 최대한 누리는 것.

마지막은 차미래에 관한 그의 포지션. VIP 멤버십 술집이 나왔다. 그의 그림자로 불리는 비서실장과의 자리였다.

꿀꿀!

술을 따르는 사람은 여대생이었다. 신원이 확실한 사회적 명사들만을 대상으로 멤버십으로 운영하는 술집 연화. 여종업원들의 퀄리티 또한 달랐다. 그녀들은 모두 대학 재학생이었고 나이는 23살 미만, 키는 165 이상에 몸무게 제한까지 두고 있었다. 그녀들은 하루 저녁 한 테이블만 받았다. 공식 2차는 없이 회당 40만 원의 팁이 주어진다. 대신 모두 각서를 쓰고 일한다. 이곳에서 일어난 일은 절대 발설하지 않는다는 내용이었다.

하지만 여대생은 이날이 첫 출근. 굉장한 고객이니 잘 모시라는 말에 주눅이 든 상태였다. 그렇기에 또 술잔이 넘쳤다. 벌써 두 번째. 이번에는 차재윤이 꺼내둔 핸드폰까지 적시고 말았다.

"얘, 체인지해."

취한 차재윤이 발끈해 소리쳤다. 여대생은 숨도 쉬지 못하고 쫓겨났다. 실장이 나간 사이에 차재윤은 티슈로 핸드폰을 닦았다. 취한 상태에 짜증까지 밀려와 화면을 거칠게 문질렀다. 이런저런 어플과 메뉴들이 어지럽게 터치되었다. 차재윤은 핸드폰을 밀쳐두고 술을 털어 넣었다.

그사이에 새 여대생이 들어왔다.

"로펌에서 연락 왔어?"

차재윤이 실장에게 물었다.

"걱정 말라고 합니다. 담당 재판장이 우호적인 인물이라고……."

"배석 판사들은?"

"재판장이 간판 벙커급이라 배석 판사 정도는 컨트롤이 가능하다고 합니다."

벙커급. 그건 깐깐한 재판장을 이르는 은어였다.

"젠장, 옛날에는 말이야 이런 거 소송 깜도 아니었다는데……."

차재윤은 술잔을 놓으며 휘청거렸다.

"그렇죠"

실장이 비위를 맞췄다.

"친권이고 나발이고, 솔직히 제 엄마를 닮아서 키울 생각도 없지만 가오가 있잖아? 그냥 내주면 우리 기업 이미지도 흐려질 테고. 내키지 않지만 아버지로서의 의무는 다해야지."

원하지 않지만 잘난 의무감에서, 원하지 않지만 사회적 이목을 의식해서.

차재윤의 본성이 드러났다.

"……!"

거기서 번쩍, 창규 눈에 생기가 돌았다. 판을 바꿀 수 있는 한마디였다.

'저 말을 가질 수만 있다면……'

빼도 박도 못할 팩트. 다른 잡다한 증명이 필요 없을 일이었다. 판사들이 차재윤 쪽 인맥이라고 해도 승산이 올라갈 일이었다.

꿀꿀꿀!

다시 술이 따라졌다. 술이 찰랑거리자 차재윤이 여대생을 쏘아 보았다. 혹시라도 술이 넘치면 이제는 핸드폰이 날아갈 것 같은 분위기였다.

바로 그 순간…….

창규의 눈이 핸드폰에서 멈췄다. 핸드폰이 작동되고 있었다. 술을 닦아내던 차재윤이 어플을 터치한 모양이었다.

"……!"

창규의 시선이 한 번 더 자지러졌다. 신음이 나오는 입을 막았다. 창규는 술자리가 파할 때까지 오직 핸드폰, 핸드폰만 바라보았다.

잠시 후에 차재윤이 전화기를 집어 들었다. 술집을 나갈 타임이었다.

'제발…….'

창규가 기원했다. 차재윤은 뭔가를 마구 눌러 초기 화면을 띄웠다. 그리고 통화를 시작했다.

'모르고 넘어갔다.'

창규 눈 안으로 햇살이 들어왔다.

2차 조정을 앞두고 창규는 일범과 회의실에 마주 앉았다.

"이거……."

일범이 서류 목록 하나를 내밀었다.

"피고 쪽 주장?"

"예, 그사이에 무려 8,902매를 더 들이밀었더군요."

"물량의 절정이군. 다 합쳐서 얼마야?"

"미혜 씨가 날마다 체크하고 열람 신청했는데 다 합치니 리어카 한 대분이라고……."

"하긴 정앤김 체면이 있지. 무려 차재윤 씨 의뢰인데 이삼백 매 납품하고 말겠어?"

"그래도 이건 좀 심합니다. 다른 것도 아니고 이혼소송에 세계적 재벌들의 이혼 평결과 선대의 족보까지 들이대고 있으니……."

족보.

그건 뜻밖이었다. 창규도 이혼소송에서 족보가 동원된 걸 본 적이 없었다. 하지만 정앤김은 보란 듯이 양가의 족보를 제출했다. 차재윤의 집안은 조선시대부터 잘나가던 집안. 반대로 신보라 쪽은 그저 그런 집안. 혈통까지 들먹여 유리한 고지를 선점하려는 전략이었다.

"나쁘지 않아. 이 정도는 해야지."

창규가 웃어넘겼다.

"선배님?"

"한 사람의 인생이 달린 일이잖아."

"하긴… 신보라 씨 입장에서는 그렇겠군요."

"아니, 차미래 입장!"

"예?"

"솔직히 신보라하고 차재윤 씨야 성인이잖아? 게다가 한 분야에서 거의 만렙 찍은 사람들이야. 어떻게 보면 원도 없는 삶을 살았지. 하지만 차미래는? 아이의 인생이 어디로 흘러갈지 이번 소송에서 결정이 되는 거라고."

"그렇군요. 제가 쟁점을 잘못 이해했습니다."

"아니야. 권 변이 차미래를 만났더라면 금방 캐치했을 텐데 나 혼자 만나는 바람에……."

"지난번에는 쌍방 주장을 확인하는 선에서 그쳤지만 이틀

후의 2차 조정에서는 분위기가 다를 거 같습니다. 저쪽에서 보강한 차미래 양육안도 그렇고. 재판부 분위기도 어째… 기일도 저 쪽의 스케줄에 맞춰 변경되었지 않습니까?"

"예상하고 있던 거잖아? 권 변, 뭐 준비하고 있다더니 뭐야?"

"신보라와 차재윤의 아이에 대한 투자 시간과 애정의 깊이를 계량화하고 있습니다. 제 친구 중에 마침 통계 전문가가 있거든요."

"그래?"

창규가 고개를 들었다. 거대 로펌의 물량 공세에 맞설 만한 구상이었다.

"지금 최종 분석 중이기는 한데 예비 단계에서는 신보라의 별이 일방적으로 이상적인 것으로 나왔다고 하더군요."

"계량화 지표는?"

"이번에 제출된 원고와 피고의 의견서에서 아이들 양육에 필요한 공통 요소를 추출해 가지고 프로야구나 축구의 팀 전력 분석을 하는 기법에 응용했다고 하더군요. 이게 예비 결과서입니다."

일범이 맨 아래의 자료를 뽑아놓았다. 신보라의 오각형은 균형적인 반면, 차재윤의 오각형은 편차가 심했다.

"이거 법원에 제출했어?"

"아직……."

"오케이. 조정 직전에 올리자고. 판사님들이 쉽게 볼 수 있게 두세 장 분량으로."

"예? 그럼 성의 없다고 먹히지 않을 텐데요?"

"내 말은 이론적 배경이나 상관관계 같은 건 따로 첨부하고요지만 두세 장으로 붙이라는 거야. 권 변이 판사라면 조정기일 목전에 들어온 수백 장짜리 의견서를 꼼꼼히 보겠어? 안 보겠어?"

"그, 그건……."

"소송이잖아? 조정도 일종의 판결이니까 판사의 입장에서 준비하는 게 좋아."

"으아, 그거 진리인데요. 저는 그저 납품 서류 기막히게 만들 생각만 했는데 그래봤자 판사들이 건성건성 읽으면 도루묵?"

"그렇지?"

"앞으로 계속 참고하겠습니다. 충성."

재판의 갑은 판사!

일범도 그걸 간과하고 있었다. 물론 변론이 중요하다. 핵심을 찌르는 팩트를 들이대면 승산이 높아진다. 하지만 그조차 판사의 마음을 사야 한다. 판사의 공감을 얻지 못하면 증거가 아니라 증거 할아버지를 들이밀어도 안 된다. 시답잖은 이유로 판결이 뒤집히는 것. 대한민국 역사에서 드문 일이 아니었다.

더구나 이 전쟁은 특급 재벌과 초특급 로펌이 상대가 된 상황. 구멍가게에 불과한 창규로서는 머리털을 백번 세워도 모자랄 일이었다.

일범이 나갔다. 달아오른 마음을 가라앉히며 신문을 들췄다. 신보라의 이혼소송 기사가 나온 신문들이었다. 연예 신문부터 정론지까지 많기도 했다. 신보라는 과거 최정상의 연예인, 차재윤은 현재 대한민국 재계의 초거물급. 어느 쪽으로 보아도 뉴스감이 되는 건 확실했다.

〈양측 물밑 접촉 활발, 판결 전에 극적 조정 이루어질 수도〉
〈양측 주장 팽팽하게 대립, 유니칼전자는 그룹 차원에서 촉각 곤두〉
〈쟁점의 핵심은 친권과 양육, 그러나 본질은 재산 분할이라는 시각도 팽팽〉
〈신보라, 통 큰 1조대 재산 분할 요구설〉

카더라 통신들은 상상 작문에 빠져 있었다. 원고와 피고 측의 보안이 장난이 아니었던 것. 그러던 차에 인터넷에 따끈따끈한 기레기 기사가 올라왔다. 그걸 모니터한 건 미혜였다.

"8분 전에 올라왔어요."

보고받기 무섭게 화면을 확인했다. 자극적인 제목이 눈에 들어왔다.

〈신보라 장막 속의 이혼 청구, 위자료 100억, 재산 분할 1조설 무성〉

〈재산을 더 받기 위해 전략적으로 무리한 친권 주장 의견 대두, 비난 여론 들끓어〉

기사의 뉘앙스는 차재윤을 두둔하는 논조였다. 재벌가에 적응하지 못하고 가사에 소홀하다가 흠이 되자 남편의 발목을 잡는 것은 물론 우울증을 앓고 있다는 억측까지 거론하고 있었다.

폴폴!

구린 냄새가 났다.

차재윤의 변호인 측에서 여론 조성에 나선 모양새. 아마도 이번 조정에서 이 분위기를 내세울 것으로 보였다. 역시 대한민국 대표 로펌은 달랐다. 여론까지 동원해 자신들에게 유리한 조건을 만들어가는 것이다.

'이러니 대형 로펌이 무섭다는 거지.'

씁쓸한 미소를 머금을 때 미혜가 다시 들어왔다.

"변호사님!"

그녀의 눈짓이 뒤에 선 사람을 가리켰다.

"여, 싸롱하는 후배님!"

느끼한 목소리가 귀를 차고 들어왔다. 고개를 드는 순간, 창규의 미간이 확 일그러졌다. 앉으란 인사를 하기도 전에 소파를 차지하는 인간.

"아가씨, 커피 한 잔. 설탕은 넣지 말고."

제멋대로 주인 행세를 하는 인간은 창규의 선배 마춘봉 변호사였다.

'마춘봉……'

반가운 이름일 리가 없었다. 얼굴만 보면 귀공자 타입이지만 하는 짓은 막장에 가까운 인간. 변호사가 아니라 '브로커'라는 이름이 어울리는 인간이었다. 그 앞에 '악질'이라는 형용사를 붙이면 제대로 어울리는…….

창규도 당한 적이 있었다. 찌질하던 시절이었다. 어느 날 그가 찾아왔다. 알찬 벤처기업의 자문 변호사 자리가 있다고 했다. 고교 1년 후배의 회사인데 자기에게 들어온 요청이지만 후배와 일하기가 껄끄러워 창규를 추천한다고 했다. 저녁에 만나기로 했는데 소주값이나 내주면 결정을 받아오겠다고 했다.

이게 웬 떡?

괜찮은 일이었다.

카드를 내줬다. 노심초사 하며 기다리다 들어온 카드 문자 서비스를 보니 무려 480만 원이 결제되어 있었다. 돈이 문제가 아니었다. 결론은 이중 상처를 주고 끝났다는 것.

"강 변 프로필 보더니 약간 딸린다는 걸 어쩌겠어? 그냥 자리 예약해 놨다 생각하고 스펙 좀 올려. 내년이라도 연결해 줄 테니까."

스펙 부족?

마춘봉이 모르고 시작한 일도 아니었다. 그런데 그걸 이유로 내세우다니. 화가 나서 검색해 봤더니 회사가 나왔다. 경영자는 마춘봉의 후배가 아니었다. 유치원부터 대학까지 쫘악 부산에서 자란 사업가였던 것. 마춘봉의 사기극에 당한 창규였다.

"아, 진짜······."

분통이 터졌지만 참았다. 욕심을 부린 건 창규였으니 벙어리 냉가슴만 앓은 것이다.

벗겨 먹을 게 없자 이후로 잠잠하던 마춘봉. 그가 다시 등장했다. 왜일까? 답은 오래지 않아 나왔다.

"차재윤 이혼소송 원고 측 대표 변호사라면서?"

커피 한 모금을 넘긴 그가 상체를 기울이며 물었다.

"예······."

"이야, 우리 후배님 폭풍 성장이네. 내가 그럴 줄 알았지. 후배님은 그게 있었거든."

"뭐가 말입니까?"

"곤조!"

"기왕이면 근성이라고 하면 더 좋았을 걸요."

"내가 한 동안 일본에 있었더니 입에 붙어서 말이야……."

"이제 국제적으로 비즈니스 하시는군요."

한국만으로도 모자라 국제적으로 해 처먹는군요. 창규의 미소 속에 섞인 본뜻이었다.

"내가 원래 그렇잖아? 새로운 일 개척을 즐기는 성격이라……."

"뭐 선배 스케일이 좀 그렇긴 하죠."

"전에 그 일로 아직 감정 상한 건 아니지?"

"어떤 일 말입니까?"

시치미를 뗐다. 이 인간이 어떻게 나오나 보려는 것이다.

"이거 받아."

마춘봉이 봉투를 내밀었다. 안에는 500만 원 수표가 들어 있었다.

"뭐죠?"

"뭐긴? 그때 자문 변호사 자리 거마비 환불이지. 그때는 본의 아니게 그렇게 됐어. 사실 접대비로 쓴 돈을 바로 돌려주면 강 변이 기분 나쁠 것도 같았고……."

셀프 환불.

'큰 건 하러 왔군.'

창규의 촉이 수직으로 일어났다. 말도 안 했는데 먹은 걸 게워놓았다. 이 인간의 인격 사이즈로 보아 더 큰 건을 위한 수작이 뻔했다.

　"이건 제가 선배님을 위해 한잔 산 셈 쳤는데……."

　마음에도 없는 인사치레를 하고 돈은 챙겼다.

　"그건 그렇고… 이리 가까이……."

　마춘봉이 창규에게 손짓을 했다. 창규는 등을 기댄 채 응했다.

　"듣는 사람도 없는데 그냥 하시죠."

　"그, 그럴까?"

　호응이 없자 뻘쭘해진 마춘봉이 상체를 기울였다.

　"얼마 받기로 했어?"

　"뭐가 말입니까?"

　"신보라 말이야 큰 거 한 장?"

　"돈 보고 하는 거 아닙니다."

　"아니면 성공보수금 조건으로? 재산 분할의 5%? 10%?"

　"돈보고 하는 거 아니라니까요?"

　"어허, 왜 이러시나? 척 보면 견적 나오는데… 하지만 내가 보건대 승산 제로야."

　마춘봉이 담배를 꺼내 물었다.

　"죄송합니다. 실내 금연이라서요."

"어, 미안… 그건 그렇고 지난번 자문 변호사 건 미안해서 내가 돈 좀 벌게 해주려는데……."

"자문 변호사 자리는 이제 관심 없습니다."

"들어보면 관심 있을 거야."

"……."

"신보라 수임 말이야 차재윤 쪽으로 가닥을 잡는 게 어때?"

"예?"

"내가 차재윤 기조실장하고 형님 아우 먹는 사이잖아? 싸움은 말리고 흥정은 붙이랬다고 떡밥 좀 던져봤지. 그랬더니 실장 말이 쿨하게 그쪽 요구 조건에 응해주면 두 장은 지불할 용의가 있다고 했어."

두 장이면 2억.

"예?"

"어때? 실리적인 제안 아니야? 아, 막말로 강 변이 정앤김 애들을 어떻게 이겨? 패소하면 데미지 크지, 비용 물어줘야지, 주제 파악 못 한다고 소문나게 되지… 이거 내가 다 우리 후배를 싸랑해서 하는 말이라고."

쌍식귀.

창규는 돈에 미친 마춘봉을 향해 리딩을 겨누었다. 뭐 하나 걸리면 뽀작을 내고 싶은 변호사계의 쓰레기. 그러던 차에 제 발로 신보라 건에 끼어들었다. 관련자들의 리딩에 성공한 전례가 있었으니 어쩌면 마춘봉의 치부도 알 수 있을 것 같았다.

"......!"

보였다. 긴장하던 창규의 촉이 한 뼘 더 자랐다.

요즘 유행하는 '크크크'가 입가에 떠올랐다. 물론 아무래도 'ㅡ' 받침을 빼야 제 맛이긴 하지만······.

무엇을 벗겨볼까?

식용?

양용?

특용?

이성?

재물?

특례?

골라먹는 재미가 있다더니 그 말이 딱이었다. 허튼 인간에게 시간 낭비 할 것 없이 재물 카테고리부터 열었다.

[등 처먹은 돈]

창규 눈에 들어온 폴더는 그것이었다. 준비도 없이 거칠게 열었다. 그러자 수많은 파일들이 쏟아질 듯 튀어나왔다.

아아, 진정 감탄하고 말았다. 이 인간은 퍼펙트한 브로커

유전자였다. 변호사가 된 이후로 정당하게 번 돈은 거의 없었다. 변론으로 변호사 내공을 쌓은 게 아니라 브로커로써 잔머리만 굵어진 마춘봉이었다.

창규는 행복했다. 손봐줄 일이 한두 건이 아니었다. 작게는 변호사 간의 소송 중재를 이유로, 크게는 정치판과 기업 합병, 거부(巨富)들의 유산 분쟁까지 끼지 않은 곳이 없었다.

'진짜 존경스럽네. 그리고 고맙기도 하고.'

진심으로 그랬다. 몇 가지만 골라도 실형 5년 이상은 간단하게 나올 견적이 바글바글했던 것이다. 잔챙이는 버리고 굵직한 것들을 추려냈다.

첫째는 부실 기업 인수 청탁 및 대출 알선에 개입해 여섯 기업에서 25억여 원을 꿀꺽한 일. 둘째는 은행사 모 펀드의 부당투자 사실을 알고 20억 수수. 둘 다 유죄가 확실한 행태였다.

세 번째로 뽑은 카드가 쥐약이었다. 4개월 전이었다. 특급호텔 '가야고'에서 먹은 민어회가 역사를 기억하고 있었다. 민어는 귀한 생선이다. 이름값을 하려는 듯 첫마디부터 고급지게 나왔다.

"2억 드리겠습니다."

접대하는 사람은 사기범이었다. 스미싱 기법으로 문자메세지를 대량 발송해 거액을 챙긴 사기꾼. 문자메시지(SMS)와 피싱(Phishing)의 합성어로 쓰이는 이 기법으로 그가 해먹은 돈은 무려 50억에 달했다. 하지만 용의주도한 범인은 실업자인 후배를 매수해 대신 범인으로 둔갑시키고 마춘봉에게 변론을 맡긴 것.

촉이 뛰어난 마춘봉은 사기꾼의 상담을 듣다가 감을 잡았다. 세상에는 뛰는 놈 위에 나는 놈이 있는 것. 처음에는 마춘봉, 모른 척 넘어가 주었다. 그러다 사기꾼의 후배가 검찰로 넘어가기 직전에야 태클을 걸었다. 그 장소가 바로 가야고였다.

"후배가 진범 아니죠?"

"……!"

그 한마디에 사기꾼은 혼비백산을 했다. 살점이 꿈틀거리는 민어처럼 가슴을 베인 듯한 것이다.

"이러시면 곤란합니다."

"변호사님."

"그래도 저를 만난 걸 천행으로 아세요. 검사 쪽에서도 눈치를 챈 것 같은데 다행히 나랑 친분이 깊거든요. 전관예우라고 들어보셨죠? 그보다는 지인예우가 더 안전빵인데. 모르는 사람은 모르지요."

"죄송합니다. 어떻게 좀 안 될까요?"

"기왕 이렇게 된 거 어쩌겠습니다. 나도 변론 맡은 주제에 이제 와서 피의자가 범인이 아니라고 할 수도 없으니… 좋은 게 좋은 거라고…….”

“돈이 필요하면 드리겠습니다.”

“화끈하시군요. 솔직히 돈이 필요하긴 하지요. 검찰 수사관이 둘이고 수사 검사에… 그 위에서 결재판 두드리는 양반들이 둘…….”

“2억 드리겠습니다.”

2억 드리겠습니다.

여기까지 진행된 말이었다.

“사장님이 스미싱으로 벌어들인 돈이 얼마였죠?”

마춘봉이 넌지시 말머리를 돌렸다.

“한 50억… 하지만 저도 원가에 투자비에 들이다 보니…….”

“이 사업, 처음 아니시죠?”

“…….”

“뭐 강요하는 건 아닙니다. 보아하니 통이 크신 분 같아서 좀 통하나 했더니…….”

“5억 드리죠.”

사기꾼의 배팅이 올라갔다.

“뭐 그 정도면 수사 라인 입 다물게 하는 건 문제가 없을 것 같고… 거기에 제 수고비나 조금 얹어주시면…….”

추가를 요구하는 마춘봉. 정말이지 이쪽으로는 존경스러울 정도의 수완이었다.

"……."

"어차피 추징금으로 나갈 돈입니다. 주시는 만큼 추징금 낮춰 드리면 사장님은 인심도 쓰고 인맥도 만드는 거지요."

"그럼 6억……."

"으음, 아쉬운 대로 괜찮군요."

마춘봉의 입가에 느끼한 미소가 흘러내렸다.

개자식!

거기까지 리딩하고는 아랫입술을 깨물었다. 어쩌면 변호사의 탈을 쓴 인간이 이럴 수가 있을까? 바로 이런 놈들 때문에 변호사들이 욕을 먹는 거였다. 사기꾼도 나쁜 놈이지만 정작 처벌 받아야 할 건 마춘봉이 분명했다.

[수사 검사]

기왕 달린 거 종착지까지 치달았다. 사기꾼에게 받은 돈의 전달경로까지 체크해야 완벽할 일이었다. 나아가 궁금했다. 법조 브로커의 제왕으로 불리는 마춘봉. 과연 배달은 어떻게 하고 있을지…….

1억!

창규가 예상한 금액이었다. 6억을 받아 1억은 관련자들에게 뇌물로 안기고 5억을 꿀꺽. 보통 사람들 같으면 반은 되겠지만 마춘봉이라면 그럴 가능성도 낮았다.

하지만 창규의 예상은 처절하게 빗나갔다.

"아이고, 배 프로……."

수사 검사를 만난 곳은 KFC 안이었다. 장소부터 예상을 뒤집었다. 은밀한 곳이 아니라 번잡한 곳을 택함으로써 오히려 의심을 배제하는 반전의 전략. 한 번 더 어이를 상실하는 창규였다.

"들자고. 새로 나온 버거인데 생새우를 써서 맛이 괜찮더라고."

마춘봉은 햄버거를 직접 챙겨주었다. 그런 다음 콜라를 마시기 전에 공연 팜플렛을 내밀었다.

"친구 놈이 이 공연을 기획했다는데 아주 인기가 좋아요. 와이프 하고 한번 가보라고. 수하 직원들에게 인심도 좀 쓰고……."

마춘봉이 내민 건 오페라 공연 티켓 20장이었다. 최고급석이라지만 돈으로 치면 장당 30만 원선. 다 해야 600만 원에 불과한 금액이었다. 처음에는 봉투 안에 수표가 섞여 있을 줄 알았다. 하지만, 봉투는 정직했다. 오직 티켓만 담고 있었던 것.

"이런 거 받으면 김영란법에……."

검사가 난감한 표정을 지었다.

"사람… 그거야 대놓고 줘야 김영란법이지 내 돈 내고 가는데 무슨 김영란법. 티켓에 내 이름 써 있어? 아니, 대한민국 검찰은 자기 돈 내고 공연 보면 안 된다는 법이라도 있나?"

"그건 아닙니다만……."

"솔직히 미안해서 그래. 이번 그 스미싱 범인… 변호는 맡았지만 아주 질 나쁜 놈이네. 아예 중형을 구형해 달라고. 그럼 청탁하는 거 아니니까 괜찮지?"

"별말씀을."

"자, 그럼 버거나 즐겨보자고."

마춘봉이 생새우버거를 베어 물었다. 6억을 6백만 원으로 때우는 순간이었다.

'허얼!'

참으로 기막힌 수법이었다. 동시에 창규에게는 고마운 사건이었다. 6억을 먹을 때는 좋았겠지만 이제 그 휘파람 위에 지옥이 떨어질 판이었다.

마지막으로 유니칼전자 기조실장과의 미팅 리딩에 들어갔다.

'응?'

아쉽게도 거기에 관련된 정보는 나오지 않았다. 차도 한 잔 마시지 않은 채 나눈 거래인 모양이었다. 500만 원을 내민 걸

보면 거기서도 뜯어낸 건 기정사실. 증거가 없어 아쉽지만 상
관없었다. 지금까지 건진 것만으로도 은팔찌를 채우기에는 충
분하고도 남았다.

"선배님!"

건수를 잡은 창규가 느긋하게 마춘봉을 바라보았다.

"내 제안 땡겨?"

"얼마죠?"

"유니칼전자에서 준다는 돈? 두 장이라니까. 2억!"

마춘봉이 반색을 하고 나섰다.

"저 말고 선배님이 받는 돈 말입니다."

"이거 왜 이래? 내가 중간에서 그깐 돈 몇 푼이나 먹자고 이
러겠어? 나 마춘봉이야, 마춘봉!"

"하지만 여기저기 소문이 딸려 와서……"

"무슨 소문? 그거 다 나 질시하는 인간들이 지어낸 거잖아?
아, 솔직히 사람이 눈덩이 굴리다 보면 흙도 좀 묻는 거지. 난
뒤에서 남 흉이나 보는 찌질한 인간들은 신경 안 써."

"그래도 스미싱 범인을 바꿔치기 하고 수임료에 더해 무마
비까지 후리는 건 좀……"

창규가 넌지시 떡밥을 풀었다.

"무슨 소리야? 범인 바꿔치기라니?"

마춘봉이 정색을 하고 나왔다.

"변론비도 6억은 너무……."

"강 변!"

"수사 검사에게 꼴랑 6백만 원 뿌린 건 더……."

"강 변!"

"누가 그런 찌라시를 여기저기 뿌렸어요."

"뭐라고?"

"저도 다른 사무실 쪽에서 얻어들은 겁니다. 선배니까 혹시 아는 거 있냐고 묻더라고요. 게다가 검찰 쪽에도 뿌려진 거라고……."

"뭐, 뭐야? 검찰에도?"

"누가 선배님 잘나가니까 괜한 소문 터뜨린 거 아니겠습니까? 선배님 인품으로 보아 그런 게 사실일 리도 없고."

"찌라시가 검찰에도 갔다고?"

"그렇게 들었습니다. 증거물도 알뜰하게 포함되어 있다고……."

'망할!'

마춘봉의 눈가에 사색이 내려오는 게 보였다. 개기름 번득이던 혈색은 간 곳 없고 낭패감이 팽팽해진 것.

"강 변, 나 먼저 가네. 아까 말한 거 말이야 생각 있으면 연락하라고……."

마춘봉은 식은땀을 쏟으며 튀어나갔다. 창에서 내려다보니 그는 사기범 쪽에 연락을 하고 있었다.

"그러니까 당신 쪽에서 무슨 발설을 했냔 말이야. 지금 여기저기 루머가 돌고 있잖아?"

다그치는 모습을 보며 창규는 사무장을 불러들였다.

—민어를 먹은 호텔의 CCTV 화면.

—수사 검사에게 공연권을 다발(?)로 준 KFC 화면.

일단 두 가지만 확보해서 건네면 나머지 덩굴은 검찰에서 뽑아내줄 일.

'마 선배……'

창규는 팔짱을 낀 채 혼잣말을 이어갔다.

'새로운 거 개척 좋아한다니 기꺼이 도와드리죠. 교도소라면 당신에게도 블루 오션일 테니……'

거기서 푹 썩으면서 인간 수양 좀 하셔.

심심하면 주특기 살려서 불법 담배 반입 브로커질이라도 하시고. 얼굴 반반하니까 똥꼬 노리는 친구들 꼬이면 하루하루가 다이나믹할지도…….

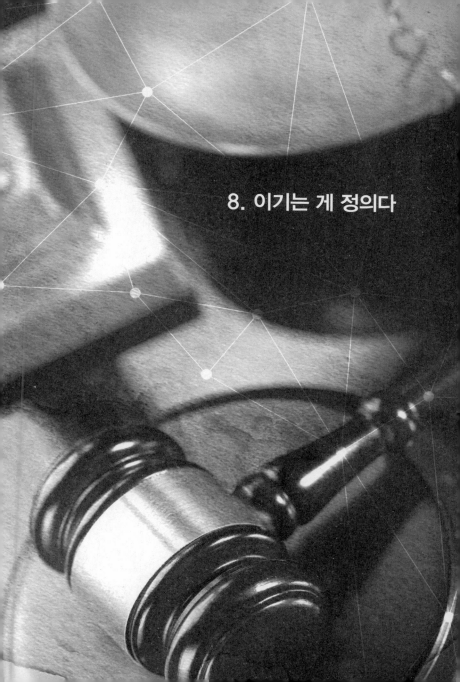

8. 이기는 게 정의다

쪽!

2차 조정일 아침, 창규 볼에 승하의 뽀뽀가 작렬되었다.

"아빠, 잘 다녀와."

햇살 같은 목소리도 따라붙었다.

"오늘이 2차 조정이죠?"

현관에서 순비가 물었다.

"응."

"서로 좋은 쪽으로 해결되면 좋겠네요."

"잘되겠지. 너무 걱정 마."

"걱정은 안 해요. 당신 믿으니까……."

"땡큐!"

순비의 이마에 키스를 남기고 엘리베이터에 올랐다. 거울을 보니 누군가가 립스틱으로 해둔 낙서가 보였다.

―승기야 사랑해!

사랑해!

그 단어 위에 강조점이 찍혀 있다. 립스틱과 이름으로 보아 여자가 쓴 것 같았다. 거울을 보다 문득, 애인 생각이 났을까? 너무나 사랑스럽기에 공개를 했을까?

사랑이라는 거…….

혹자는 그 유효기간이 3년이라고 했었다. 불같은 사랑의 경우에는 그게 맞는 것 같았다. 두 개의 불길이 타오르며 서로를 태워 버린다. 너무 강한 사랑을 했기에 소소한 사랑은 사랑으로 느껴지지 않는다. 그러다 돌아보면 어느새 상대방 사랑이 식어 있다.

신보라와 차재윤의 경우에는 어땠을까?

잘나가는 재벌 2세 경영자 VS 국민 연예인으로 불리는 청순미모의 연예인.

둘은 최고였지만 그 불은 다른 많은 사랑처럼 이내 사그라졌다.

―잡은 고기에는 먹이를 주지 않는다.

차재윤은 그 법칙에 충실했다. 그는 여전히 젊은 능력자였고, 그의 재력은 셀 수도 없었으며 활동은 왕성하고 선망의 눈길은 그치지 않았다.

반면 신보라는 반대였다. 그녀의 프라이드였던 인기는 결혼과 함께 사라졌다. 그녀는 그 모든 것을 남편 하나로 대신해야 했다.

아이러니하게도 상대에게 목을 매는 연인은 버림받는 경우가 많았다. 슬프게도, 잡은 물고기 신세가 되는 것이다. 어망 안의 고기는 언제든 손이 닿는다. 차재윤은 다른 물고기에 눈길을 주기 시작했다. 명분도 있었다. 그는 사회 활동을 한다. 만나는 여자들 수준도 높다. 공적 관계로 시작하지만 공사의 차이는 종이 한 장일 뿐이다.

여기서 로맨스와 불륜이 엇갈렸다. 차재윤에게는 로맨스였고 신보라의 입장에서는 단언컨대, 불륜이었다.

―로맨스.

사전에는 연애 사건, 남녀의 사랑 이야기라는 정의로 실려 있다. 로맨스의 어원을 보면 고대 로마어로 '로마스럽다'는 뜻을 가지고 있다. 이 말이 현대의 로맨스로 변하게 된 계기 역시 사랑 쪽은 아니다.

중세 십자군 전쟁 당시, 전쟁에 참전한 남편을 기다리던 외로운 귀부인들에게 참전 기사들의 무용담을 이야기로 들려주며 환심을 산 젊은 음유시인에게서 비롯된 역사 때문. 이때 상류층의 작품들은 대개 로마 평민들의 말로 되어 있었는데 그게 바로 로망이었다.

이후부터 운문으로 된 중세 기사들의 무용담을 담은 이야기를 로망스로 불렀다. 이 이야기가 훗날 돈 많고 한가한 귀부인과 제비족 음유시인의 사랑 이야기로 변질되면서 로맨스라는 단어가 나오게 되었다. 어쩌면 로맨스는 어원부터 불륜을 내포하고 있는지도 몰랐다.

2차 조정.

법원에서 신보라를 만났다. 그녀는 해쓱한 표정이었다. 저쪽에 차재윤과 변호인단이 보였다. 정당하게 서로의 주장을 겨루는 자리라지만 기세부터 달랐다.

비공개로 진행하기로 했기에 기자들은 오지 않았다. 하지만 딱 지금까지만이다. 재판이 끝날 때쯤이면 벌떼처럼 몰려와 있을 것이다. 사회적 명사들, 그 비공개의 끝은 언제나 그랬다. 누군가의 입이 비공개를 배신하는 것이다.

그에 대한 대비책으로 상길과 경호업체 직원 둘을 데려다 놓았다. 변호사는 변론만 하는 게 아니다. 이 정도 규모의 수임료라면, 공판 이후에 의뢰인의 안전 귀가까지도 책임질 의무가 있었다.

"좋은 꿈 꾸셨어요?"

창규가 신보라에게 물었다.

"덕분에요."

"미래는요? 오늘 재판이 열리는 거 아니요?"

"아침에… 할머니 몰래 잠깐 왔더라고요."

"……."

"저한테 그래요, 이혼 안 하면 안 되냐고? 하지만 꼭 이혼해야겠으면 자기를 아빠 곁에 두지 말고 데려가 달라고……."

먼 허공을 바라보는 신보라 얼굴에 눈물이 고였다. 이혼이란, 참 질긴 과정이다. 어쩌면 결혼보다 100배는 힘든 게 이혼인 것 같았다.

아침.

그녀의 풍경을 리딩했다. 당근 주스를 마시고 있었다. 그때 미래가 들어섰다.

"엄마!"

미래는 등교 가방을 맨 채 신보라의 가슴을 파고들었다.

"정말 이혼할 거야?"

"……."

"마지막으로 물을게. 미래 생각해서 안 하면 안 돼?"

"……."

"알았어. 꼭 하고 싶으면 이혼해."

신보라를 올려보는 미래의 눈동자가 별빛처럼 보였다. 너무 아련하게 찰랑거려 슬픈 별빛.

"대신 나도 데려가. 둘 다 안 들어주면 나 엄마, 영원히 미워할 거야."

"미래야."

"약속해. 하나라도 꼭 들어주겠다고."

미래가 손가락을 들어올렸다. 손가락이 가늘고 하얘서 또 슬펐다. 엄마와 아빠의 사랑을 듬뿍 받고 살아도 모자랄 판에 이런 생각을 하게 되는 아이. 신보라처럼 길고 긴 불면과 상념의 밤을 건너왔을 미래.

"약속할게."

신보라는 미래를 꼭 안은 채 뒷말을 이었다.

"엄마는 꼭 너랑 함께 살 거야."

당근 주스를 통한 리딩은 거기까지로 끝냈다. 재판은 독서 감상문 발표 대회 같은 게 아니다. 이제는, 칼날을 세울 시간이었다. 판사의 공감을 70% 이상 살 수 있는 변론. 바로 그것.

곧이어 일범이 도착했다.

"가지."

창규가 말했다. 일범이 앞장을 섰다. 마침내 전장으로의 출정이었다.

2차 조정…….

결심을 앞둔 마지막 변론장이 될 것 같았다. 길게 끌어서 좋을 거 없는 당사자들. 오늘 합의가 나오지 않으면 공은 판사에게 넘어간다. 재판부가 차재윤 쪽에 우호적이라니 반드시 유의미한 반전을 만들어내야 했다.

하지만 정앤김의 변호사들은 틈을 보이지 않았다. 그들은 그저 타이틀만 요란한 거물이 아니었다. 실무와 민사법, 이혼법에 능통했고 다뤄본 사례도 많았기에 한 줄의 헐렁함도 엿보이지 않았다.

상황은 그들에게 유리했다. 신보라가 적들의 공간에서 산 까닭이었다. 차재윤의 본가. 그 안의 구성원인 시어머니와 두 명의 가정부, 차재윤의 운전기사, 거기에 더불어 제 집처럼 드나들던 시누이까지 증인으로 가세해 신보라의 단점을 공격했다. 한마디로 총공세. 거기에 비해 원고 측 증인은 꼴랑 둘 뿐이었다.

특히 선봉에 선 시누이의 증언이 혹독했다. 그녀는 신보라를 작부 대하듯 독설을 쏟아놓았다. 창규가 몇 가지 딴죽을 걸며 희석에 나섰지만 변호사의 코치를 받고 나온 그녀의 폭주를 막기는 쉽지 않았다. 신보라는 처음부터 끝까지 조용한 미소로 경청했다.

"가정에 충실하지 않았어요."

"사치가 심했어요."

"엄마의 역할보다 외모 가꾸기에만……."

"우리가 오죽하면……."

"……!"

듣고 있던 신보라의 표정이 조금씩 무거워졌다.

삼세판이라는 말이 있다.

믿기 어려운 말도 자꾸 들으면 현실처럼 들린다. 증인들의 경우에도 다르지 않았다. 한 명의 말은 재판장을 움직이지 못할 수 있지만 네 명, 다섯 명이 입을 맞추면 달랐다. 로펌의 전략이었다. 그 마지막 확인 사살의 사선(死線)에는 차재윤이 대기하고 있었다.

"증인들의 증언이 사실입니까? 남편으로서 판단해 주십시오."

대표 변호사가 차재윤을 바라본다.

"사실입니다!"

앵무새가 따로 없다.

짜고 치는 고스톱.

차재윤은 오늘 이 말만 열일곱 번째 반복하고 있었다.

"이의 있습니다."

정앤김 변호인단의 종횡무진을 놓아두던 창규가 비로소 태클을 걸고 나섰다. 지금까지 진지하게 경청했던 건 전략이었다. 쓰나미처럼 몰아치는 변호인단을 그때그때 막아봤자 재판장에게 어필하기 힘들었다. 오히려 상대를 폄하하는 것으로 보일 우려도 있었다. 그렇기에 일범이 울컥할 때도 눌러 앉혔다. 쓰나미에 맞서는 건 어리석은 짓이었다.

"피고 측의 논조 흐름은 완벽합니다. 너무 완벽해서 원고 측 대표 변호사인 제가 얼이 나갈 정도였습니다."

짝짝!

박수까지 보태자 정앤김 사단의 변호사들이 고개를 갸웃거렸다. 창규는 명쾌한 발음으로 변론을 이어갔다.

"하지만 딱 한 가지 궁금한 게 있습니다. 지금까지 보고 들은 증인들의 말이 사실이라면 신보라 씨는 피고와 피고의 직·방계 가족들에게 기본 이하의 며느리였던 것 같습니다. 이건 시누이의 증언에서도 잘 드러나고 있습니다. 처음부터 함량 미달이었다고 했었죠. 그렇다면 무엇 하나 부러울 게 없는 피고 측에서 왜 이런 여자를 신부로 맞이했을까요?"

창규의 화살이 피고 측으로 날아갔다.

"……!"

피고 측 변호사들이 당황하는 게 보였다. 그중 하나가 반론을 펴려할 때 창규가 먼저 공세의 끈을 당겼다.

"재판부에서도 아시겠지만 피고 측의 증인들은 모두 한 공간에 살고 있다는 공통점이 있습니다. 그들은 대개, 피고 측의 혈족이거나, 아니면 피고 측에서 고용을 결정할 수 있는 위치에 있다는 겁니다. 즉, 통념상 갑을 관계가 성립되는 구조임을 감안할 때 이 증언이 재판부의 판단에 영향을 주어서는 안 된다는 게 원고 측의 입장입니다."

"재판장님, 원고 측 변호인은 지금……."

"죄송합니다. 하던 말 마칠 때까지 기다려 주시면 안 되겠습니까? 저희는 피고 측 논지를 장시간 경청해 주었습니다만……."

"……!"

창규의 실드가 제대로 먹혔다. 절반쯤 일어섰던 변호인은 차마 공박하지 못하고 재판장을 바라보았다. 재판장이 지지하지 않자 그는 신음과 함께 자리에 앉았다.

"고맙습니다. 존경하는 선배님들!"

창규는 피고 측 변호사들을 향해 가벼운 목인사로 답했다. 상대를 올려줌으로써 입을 막아버리는 고단수의 전략이었다. 차근차근 자신의 분위기로 몰아가는 창규. 그런 창규를 지켜보는 일범은 피가 끓어올랐다.

옆방 육경욱의 사무실에서 소문으로 듣던 강창규 변호사. 얼치기 사무장 똥구멍이나 빨고 있던 찌질한 변호사. 일범이 알던 창규였다.

어떤 미친놈이 그런 말을 했을까? 법정의 창규는 소문과 180도 달랐다. 그놈이 옆에 있다면 아가리부터 똥창까지 단숨에 찢어버리고 싶은 심정이었다.

"주지하시겠지만 본 소송의 쟁점은 친권과 양육입니다. 이혼은 이미 양자가 결단하고 있는바 소모적인 상대방의 하자를 들추기보다 쟁점으로 실익을 찾는 게 피차 상처를 줄이는 것으로 봅니다만……."

"그게 다 같은 맥락 아니요? 원고 측의 유책 사유와 평소 행실이 교양 기준에 부적합하다는 게 증인들의 일관된 증언으로 드러나고 있는데 사안의 본질을 이해 못 하는 건 원고 측입니다."

피고 측 변호사가 제동을 걸고 나섰다.

"제 말은 가장 완벽한 증인들이 여기 있다는 뜻입니다."

창규가 받아쳤다.

"가장 완벽한 증인?"

"원고와 피고. 이 두 사람보다 친권과 양육의 자격에 대해 더 잘 알 사람이 있을까요?"

다시 창규의 시선이 재판부로 향했다. 재판장은 개입하지 않았다. 어떻게 보면 재판장은, 면도날 같은 처세를 가진 사람이었다. 재판 과정 자체는 공정하게 진행한다. 하지만 마지막 판결에서 뒤집는다. 그렇게 함으로써 자기 페이스의 재판을 진행하는 노하우를 체득한 것이다.

"피고에게 묻겠습니다. 피고는 딸 차미래가 가장 행복했던 날을 알고 있습니까?"

창규가 차재윤을 향해 공세를 겨누었다.

"이의 있습니다. 원고 측 변호인은 지금 법리와 추상을 혼동하고 있습니다."

"부모와의 정서적 공감은 아이의 양육 기본 환경에 있어 가장 중요한 요소의 하나입니다."

"원고 측 변호인 계속하세요."

재판장은 창규를 제지하지 않았다.

"미래가 행복한 날은 한두 번이 아닙니다. 막연히 가장 행복한 날이라고 하면 그 어떤 아버지도 짚어내기 곤란합니다."

차재윤이 답했다.

"그럼 피고의 판단으로 한두 개만 예를 들어주시죠."

"미래는 나를 잘 따릅니다. 한두 개로 말할 게재가 아닙니다."

"그렇다면 범위를 좁혀보죠. 피고는 미래가 가장 좋아하는 음식이 뭔지는 알고 있습니까?"

"미래는 로브스터 요리를 좋아합니다."

"가장 싫어하는 음식은요?"

"몇 가지 싫어하는 게 있지만 일일이 열거하기 어렵습니다."

차재윤은 지능적으로 빠져나갔다.

"가장 무서워하는 건 뭘까요?"

"뭐 그거야 어린아이니까 귀신 이야기와 고양이?"

"재판장님, 이에 관한 미래의 영상이 있습니다. 영상 확인을 요청합니다."

"수락합니다."

재판장 허락이 떨어지자 일범이 영상을 틀었다. 창규가 준비한 영상이었다. 미래의 또박또박한 발언이 나왔다.

"피고의 대답은 모두 틀렸습니다. 딸은 로브스터가 아니라 바나나와 딸기를 섞어 갈아마시는 걸 가장 좋아합니다. 본인만의 레시피도 있지요. 다음으로 떡볶이를 좋아합니다. 로브스터는 미래가 좋아하는 게 아니라 피고가 좋아하는 거겠죠."

창규가 차재윤을 바라보았다. 그는 비웃음을 머금은 표정으로 콧방귀를 뀌었다. 창규는 조용한 미소로 화답하고 변론을 이어갔다.

"피고는 모르지만 차미래는 스케이트보드를 타는 것도 좋아합니다. 귀신이 아니라 곤충을 싫어합니다. 왜냐하면 미래는 어릴 때 벌에 쏘인 트라우마가 있기 때문입니다."

"……."

"피고!"

"……?"

"피고도 그 사고 때 별장에 합류를 했다던데 혹시 어떤 벌에 쏘였는지 기억하십니까?"

"그야 화단의 작은 벌."

"그때 피고는 별거 아닌 일로 호들갑을 떤다고 미래와 아내를 공박한 적이 있었죠?"

"잘 기억나지 않습니다."

"미래를 쏜 건 말벌이었습니다. 침이 깊이 들어가지 않아서 다행이지 자칫 목숨을 앗아가는 경우도 있는 말벌입니다. 이 기록은 당시 말벌에 대해 응급조치를 해준 보건지소의 근무 일지입니다."

창규가 서류 한 장을 들어보였다.

종이가 차재윤의 시선 속으로 들어왔다.

쏙!

"이의 있습니다. 피고는 그날 국제적인 투자 사업 문제로 합류가 늦었습니다. 그렇다면 아이의 보호 의무는 원고 측이 지고 있는 겁니다. 그런데 아이 보호에 소홀해 말벌에 쏘였다면 그게 피고의 과실입니까? 그것만 봐도 원고 측이 양육의 자질이 부족하다는 반증이 될 수 있습니다."

피고 측 변호사가 즉각 반발했다.

"미래는 정원에서 말벌에 쏘였습니다. 별장과 정원 관리는 전적으로 피고 측의 책임하에 이루어지고 있는 곳입니다. 사실관계를 주목한 후에 이의 제기를 하시기 바랍니다."

"……"

"이것은 하나의 사례에 불과하지만 피고 측은 양육과 친권을 말할 자격이 없습니다. 그 첫째는 뭇 여성들과의 불륜입니다. 자고로 가정에 충실하지 않은 사람이 양육에 충실하기는 어렵……."

"재판장님, 원고 측은 통설과 개인의 경우를 혼동하고 있습니다."

다시 튀어나오는 반론.

"미안하지만 뒷말의 논조는 다릅니다만……."

"원고 측 변호인, 계속하세요."

재판장은 잠시 생각한 후에 창규 손을 들어주었다.

"충실하기 어렵다지만 통계적인 자료가 아니니 무시합니다. 팩트는 피고가 다른 이성들과 교제하기 시작한 이후로 집에 들어온 날은 손에 꼽을 정도이며 딸과 함께 한 시간도 미미할 정도라는 겁니다."

"원고 측은 말장난에 섞어 사실을 호도하고 있습니다. 피고는 사업상의 일로……."

"호도가 아니라 팩트입니다. 그로 인해 피고는 딸에게 정서적 공감을 사지 못하고 있습니다. 이미 밝혀진 경우만 해도 한두 건이 아닌데 피고가 친권과 양육까지 가지겠다는 건 유책주의는 물론 교육적인 측면에서도 바람직하지 못한 처사입니다. 이에 원고는 마땅히 원고 측에 친권과 양육권을 안겨주어 상처받은 혼인 생활을 위로하고 딸 미래에게도 진정한 행복을 안겨주기를 간청합니다."

"재판장님, 피고 측은 지금……."

공방은 계속되었다. 과연 정앤김이었다. 창규에게 밀리다가도 바로 반격의 실마리를 풀었다. 거기서 재판부의 심중이 나왔다. 피고 측에 호의적이라는 말이 맞았다. 진행 자체는 창규 쪽에 호의적인 것 같지만 결정타의 방향은 결국 정앤김으로 쏠렸다.

"양측이, 양보도 합의도 한 치의 진보를 보이지 않으니 결국 선고로 가는 수밖에 없을 것 같습니다. 친권과 양육에 관해서 더 주장할 게 있다면 이번 주 내로 보강을 해주시고 재산 분할 역시 같은 맥락임을 전달합니다."

재판장의 선고 선언. 그건 곧 친권이 차재윤에게 기울었다는 뜻이었다. 자칫하면 양육권도 그렇게 될 수 있었다.

재벌의 파워였다.

거대 로펌의 파워였다.

창규의 한계였다. 법정 분위기를 읽은 일범의 얼굴이 일그러졌다. 창규의 분전이 무위로 돌아가는 순간, 신보라 역시 핏기가 사라졌다.

창규는 최선을 다했다. 하지만 사회적 관념과 더불어 못된 커넥션의 벽이 높았다. 두 가지 요소가 막강 실드가 되어 창규의 변론을 무력화시킨 것이다.

물론, 끝난 건 아니었다. 이렇게 되면 선고 이전에 재판장을 털어버릴 수도 있었다. 다행히 그의 비리가 나온다면 그걸 볼

모로 신보라에게 유리한 판결을 강권(?)할 수도 있었다.

하지만!

창규가 바라는 승소는 그게 아니었다. 소송의 목적이 이기는 데 있다지만, 쌍식귀로 재판장의 목을 조이는 것보다는 법리 공방으로 이기고 싶었다. 상대가 특급 로펌이기에 더욱 그랬다.

마지막.

마지막 카드.

창규 뇌리에 위험한 도박이 스쳐갔다. 일반적인 이혼소송이라면 이 소송은 끝난 것과 다름없었다. 신보라가 원하는 건 얻을 수 없었다.

그러나 창규는 아직 히든카드를 가지고 있었다. 핸드폰… 핸드폰… 차재윤의 핸드폰. 그날 그 VIP 술집 룸에서 일어난 일… 그러나 이후에 어떻게 되었는지는 리딩에 실패한 창규.

'지웠을까? 안 지웠을까?'

잠시 머리가 어지러웠지만 창규는 결국 칼을 뽑아들고 말았다. 도박도 때로는 가치가 있는 법이다.

"……!"

창규의 귀엣말을 들은 신보라가 고개를 들었다.

한번 모험해 보죠.

창규의 눈이 말했다. 마른침을 넘긴 신보라가 고개를 끄덕거렸다. 그녀는 창규를 믿는 수밖에 없었다.

"재판장님!"

마지막 발언권을 얻은 창규가 자리에서 일어섰다.

"최종적으로 기본적인 양육 조건을 한 번만 더 돌아보았으면 합니다."

뭐야?

무슨 헛소리?

피고 측 변호인들이 일제히 창규를 쏘아보았다.

"미성년 자녀의 친권과 양육권 조건을 보면 자녀가 13세 미만일 때는 주로 엄마 쪽에 양육권을 주는 경우가 우세합니다. 그 외에 자녀의 양육에 적합한 환경과 정서적 친밀감 등이 중요한 판단 요소로 꼽히고 있습니다."

"……."

"이 마지막 요소에 대한 판단인데 만약 원고 측이 딸의 양육과 친권에 아무 의지도 없이 단순히 원고에 대한 사적 응징과, 가부장적인 관습, 기업 총수로써의 이미지 실추를 우려해 마지못해 주장하는 거라면 어떻게 되겠습니까?"

"이봐요. 법정에서 만약이란……."

피고 측 변호사 하나가 용수철처럼 튀어 올랐다.

"그 만약을 증명할 수 있다면요?"

"뭐라고?"

"원고 측 변호인, 방금 그 말이 무슨 뜻입니까? 새로운 사실

관계라도 나왔습니까?"

"새로운 건 아니지만 피고의 프라이버시와 인격을 존중해 마지막까지 밝히지 않은 사실이 있습니다."

재판장의 질문에 창규가 답했다.

"그게 뭐죠?"

"피고의 핸드폰을 증인대에 신청합니다."

창규, 마침내 승부수를 던져놓았다.

"핸드폰?"

피고 측 변호사가 눈을 부라렸다.

"그 안에 피고의 입장을 담은 메시지가 있습니다. 이 자리에서 공개해 줄 것을 요청합니다."

"거부합니다. 원고 측의 요청은 피고의 사생활과 기업기밀을 침해할 우려가 있습니다."

"피고 측 변호인의 오버액션입니다. 피고의 통화 기록이나 문자 메시지 등의 사생활을 엿보자는 게 아닙니다. 재판장님의 참관하에 딱 하나만 확인하면 됩니다."

"그게 뭡니까?"

재판장이 물었다.

"녹음입니다."

녹음?

"이봐, 강 변호사!"

이제는 정앤김의 대표 변호사까지 들고 나섰다.

"친권과 양육의 판단 기준이 될 수 있는 중요한 일입니다."

"이는 본 소송과 무관한 일입니다. 재판장님."

"무관이 아니라 결정적인 요소입니다."

"그렇다면 원고 측 변호인."

공방을 보던 재판장이 입을 열었다.

"예."

"만약 원고 측의 주장처럼 중대한 요소가 아닐 때는 그 책임을 질 각오도 되어 있습니까?"

"……."

"각오가 되어 있냐고 묻고 있습니다."

재판장이 다시 물었다.

책임.

이 말은 재판에 영향을 끼칠 만한 요소가 나오지 않으면 창규에게 괘씸죄까지도 적용하겠다는 의미였다. 소송이라는 게 그랬다. 양자의 주장이 팽팽할 때 판사가 미리 합의를 종용한다. 한 발씩 물러서서 합의하라는 말이다. 말이 종용이지 절반의 판결과 다르지 않다. 이때 어느 한 쪽이 일방적으로 자기주장만 앞세우면 징벌적 판결이 나오는 경우가 많았다.

창규는 잠시 골똘했다.

만약…….

차재윤이 그 녹음을 지웠다면.

그래서 아무것도 나오지 않는다면… 형사사건이 아니니 검찰에 핸드폰을 압수해 포렌직 복구를 요청할 수도 없는 일.

이렇게 되면 판결이 피고 쪽으로 퍼펙트하게 기울게 된다. 최종 조정이 이렇게 끝나 버리면 판사를 터는 것도 여의치 않았다. 창규도 명예와 수치를 아는 까닭이었다. 그렇기에 지금 이 순간, 그야 말로 소송의 명운을 결정하는 순간이 되어버렸다.

—강행이냐.

—그냥 물러선 후에 재판장을 털어서 반전을 노리느냐.

차재윤이 핸드폰에 녹음이 남아 있을 확률은 반반이었다. 그대로 남아 있거나, 그가 음식 섭취와 상관없는 상황에서 지워 버렸거나…….

직진!

절체절명의 갈림길에서 창규의 오기가 작동했다. 이 건만은 어떻게든 변론의 연장선상에서 승부를 보고 싶었다.

"각오하고 있습니다."

창규 입이 열렸다. 창규가 동의함으로써 공은 재판장에게 넘어가 버렸다. 법정 안에는 잠시 따가운 정적이 흘렀다.

"피고."

숨을 고른 재판장이 차재윤을 바라보았다.

"예."

"원고 측의 요청에 대해 어떻게 생각합니까?"

"어이가 없을 뿐입니다."

"재판장 말은 원고 측이 원하는 녹음을 공개할 용의가 있냐는 겁니다."

"저는 핸드폰의 녹음 기능 같은 건 이용하지 않습니다."

"원고 측 변호인."

재판장의 시선이 창규를 향했다.

"하나가 있다는 제보를 받았습니다."

출처는 타인에게 미뤘다. 자칫 도청이나 몰래카메라를 심었다는 의심을 받을 우려 때문이었다.

"아, 핸드폰 만지지 말고, 녹음을 들려줄 용의가 있습니까? 없습니까?"

재판장이 핸드폰을 꺼내드는 차재윤에게 말했다.

"못할 것도 없죠."

"그럼 증인석으로 나오세요."

"……."

"오 판사가 내려가서 같이 확인하세요."

"네."

"원고 측 변호인."

"예?"

"확인 가능한 건 녹음뿐입니다. 만약 녹음이 많다면 피고가 지정하는 것 하나만 들을 수 있습니다."

"예."

창규가 대답했다. VIP 술집에 간 날을 알기에 문제가 없을 일이었다.

차재윤이 녹음기를 증언대 위에 올려놓았다. 그 눈빛이 신보라에게 꽂혔다. 네가 아주 발악을 하는구나. 차재윤의 눈빛은 그렇게 빛났다.

"⋯⋯!"

녹음 어플을 확인한 창규의 눈빛이 확 확장되었다.

"⋯⋯!"

차재윤은 더욱 그랬다.

녹음 어플.

그 안에 녹음 하나가 들었던 것이다. 제목도 없는 녹음 파일. 차재윤의 기억에 없는 파일이었다. 당연한 일이었다. 차재윤은 녹음 같은 건 하지 않는다. 다만 그날, 술에 취해 액정의 물기를 닦으면서 우연히 녹음 어플이 눌려진 것. 그랬기에 그 자신, 자기 핸드폰에 녹음이 있으리라고는 상상치 못하고 있었다. 그 안에 어떤 내용이 있는 지는 더욱⋯⋯.

차재윤의 손이 핸드폰을 집으려 하자 배석 판사가 막았다.

"제가 틀겠습니다."

판사의 손이 파일을 터치했다.

치이!

소리가 나지 않았다.

치이이!

여전히 그랬다. 잔뜩 기대하던 창규의 시선이 무너지기 시작했다. 신보라와 일범도 그랬다. 동시에 뭔가 찜찜해하던 차재윤의 눈빛은 느긋하게 가라앉았다.

"아무것도 없는 거 같은데요?"

배석 판사가 재판장을 돌아보는 순간, 녹음 파일에서 소리가 흘러나왔다.

—치익.

"……!"

소음과 함께 모두의 청각이 핸드폰 쪽으로 쏠렸다.

—변호사 쪽에서 연락 왔어?

차재윤의 목소리였다. 비교적 또렷하게 들렸다.

'오, 하느님!'

창규는 간절하게 두 손을 모았다. 그 술집에서 들은 그 목소리였다.

"조금 키워봐요."

재판장이 요청했다. 소리는 좀 더 높아졌다.

—걱정 말라고 합니다. 재판장이 우리 쪽에 호의적인 인물이라고.

―배석 판사들은?

―재판장이 특급 벙커급이라 배석 판사들 컨트롤이 가능하다고 합니다.

순간, 배석 판사의 미간이 확 구겨졌다. 당황하기는 피고 측 변호인단과 재판장도 다르지 않았다. 재판장과 배석 판사들. 피고 측과 한통속이라는 말이 아닌가?

―젠장, 옛날에는 말이야 이런 거 소송감도 아니었다는데…….

차재윤의 목소리가 이어졌다.

그리고, 마침내 치명타가 될 발언이 핸드폰을 통해 흘러나왔다.

―친권이고 나발이고, 솔직히 제 엄마를 닮아서 키울 생각도 없지만 사람이 가오가 있잖아? 그냥 내주면 우리 기업 이미지도 흐려질 테고… 내키지 않지만 아버지로서의 의무는…….

"젠장, 이거 뭐야? 꺼요, 끄라고요."

듣고 있던 차재윤이 악을 썼다. 그는 배석 판사를 거칠게 밀고 핸드폰을 집어 들었다. 아무도 그를 제지하지 않았다. 재판장도 배석 판사도 마찬가지. 진실은 이미 세상에 배를 드러낸 후였다.

"이상입니다!"

창규는 단 한 마디를 남기고 변호인석으로 돌아왔다. 천 마디 변론보다 더 묵직한 한마디였다.

차재윤.

다른 사람도 아니고 그 자신의 핸드폰에서 나온 치명적인 증거. 그야말로 2차 대전 당시 일본에 떨어진 핵폭탄 이상 가는 결정타였다.

'유후!'

자리에 앉기 무섭게 쾌재를 부르는 창규… 일범과 신보라의 눈에도 생기가 돌아와 있었다.

"피고 측, 할 말 있습니까?"

재판장이 물었다. 차재윤의 얼굴은 삶은 게의 등딱지처럼 붉게 상기되었다. 피고 측 변호인들도 인상만 찡그릴 뿐 반론을 펴지 못했다.

"30분 휴식합니다."

재판장이 일어섰다. 원래는 그냥 끝나려던 2차 조정. 연장 선언이 나왔다는 건 창규의 반전 카드가 제대로 먹혔다는 신호였다.

9. 영계 수임
-백골에 새겨진 破

"강 선배님!"

일범의 목소리는 하늘을 뚫을 듯이 밝았다.

"왜?"

"으아, 진짜 죽여주는 반전이었습니다. 이거야 말로 역사적인 반전이 아니면 뭡니까? 우리가… 우리가 정앤김을 뭉갰어요."

"수고하셨어요, 강 변호사님."

신보라의 얼굴도 밝게 펴졌다.

"아직 소송 끝난 거 아니거든요. 표정 관리 하세요. 너무 오버하면 재판장이 오기로 나올지도 모르니……."

창규는 여전히 냉철했다.

"어떻게 될까요? 제가 보기엔 완전히 카운터펀치 먹인 거 같은데… 더구나 판사들까지 엮이는 통에 초대박이었습니다. 재판장뿐만 아니라 좌배석, 우배석 판사 얼굴도 확 구겨졌거든요."

일범은 거친 감격을 숨기지 못했다.

"두고 보면 알겠지."

"실은 아까 하신 말… 남편이 제게도 했었어요. 미래를 사랑하지 않지만 제 가슴에 못을 박기 위해 절대 못 내준다고."

신보라가 숨겼던 말을 꺼내놓았다.

"으아, 그럼 아까 그 말을 하시지 그랬어요?"

일범이 소리쳤다.

"사람들이 너무 많잖아요? 언젠가 미래 귀에 들어가면 큰 상처가 될 테니까요."

"……!"

일범의 입이 닫혔다. 비록 법정, 미래가 없는 자리지만 미래에게 상처가 될 말이기에 삼갔던 신보라였다. 그녀는 과연 딸의 친권과 양육권을 가질 자격이 있었다.

휴식이 끝나고 피고 측이 입장했다. 차재윤은 보이지 않았다. 곧이어 판사들도 들어왔다.

"피고 측 입장 변화가 있습니까?"

재판장이 조정의 마무리를 시작했다.

"인도적인 차원에서 차미래의 친권과 양육권을 원고 측에게 양보하겠습니다."

대표 변호인이 굳은 표정으로 선언했다.

"오, 엄마아!"

피고 측의 선언과 함께 신보라가 흐느끼기 시작했다. 창규는 그녀의 등을 토닥여 주었다.

"다만 재산 분할 요청은 너무 과도하여 원고 측 요구의 5분의 1 수준인 100억대 유가증권으로 대신할 것을 제의합니다. 원고 측에서 원하던 것을 얻었으니 재산 분할은 우리 측의 요구에 응해주기를 바랍니다."

"그에 대한 원고 측 입장은……."

자리에서 일어선 창규가 단호한 입장을 밝혔다.

"변함이 있을 수 없습니다. 애당초 이 요청은 과학적인 계산법에 의해 청구인 신보라 씨의 기여분이 반영된 결과입니다. 피고 측은 신보라 씨를 폄훼하기에 바빴지만 각종 비공식 행사나 국내외 귀빈 방담에 있어 빠짐없이 동행한 것으로 보아 피고 측 주장은 이유가 없다고 생각합니다."

또박또박 주장을 펼친 창규. 거기서 신보라에게 신호를 보냈다. 당당하라는 신호였다. 신보라가 고개를 들었다. 이제는 꿀릴 게 없는 신보라였다. 그 모습을 확인한 창규가 변론을 이어갔다.

"기왕 차미래의 친권과 양육권을 양보했으니 딸에 대한 투자 차원에서도 원고 측 주장을 이의 없이 수용해야 할 것으로 판단합니다. 나아가 피고 측은 마치 재판부를 좌지우지하는 것처럼 모욕하는 결례까지 저질렀습니다. 그에 대해 책임감을 느끼지 못하고 자신들의 주장을 되풀이한다면 피고의 녹음기에서 나온 말과 다를 바 없는 양두구육이라고 생각합니다."

양두구육(羊頭狗肉).

양 머리를 걸어놓고 개고기를 판다는 뜻으로 겉과 속이 서로 다름을 이르는 사자성어. 차재윤의 행위를 통렬하게 비난하는 한마디였다.

결국 창규의 주장대로 조정이 성립되었다. 애당초 전략은 친권과 양육권을 갖되 재산 분할은 50억까지 내려와도 좋다는 복안. 그러나 녹음이 상황을 뒤집었다. 그리고 그 여세를 몰아 최초 요구를 전부 관철한 것. 피고 측 요청이 받아들여진 것은 재산 분할에 대해서 일체 공표하지 않는다는 조건이 유일했다.

"변호사님!"

조정이 끝나자 신보라가 마음껏 눈물을 쏟았다.

"울지 마세요. 이제 새 출발이신데……."

창규가 그 마음을 위로했다.

"정말 드라마 같은 소송이었어요. 정말이지 솔로몬 왕이 왔다고 해도 강 변호사님처럼 해내지는 못했을 거예요."

"사모님 판단이 주효한 거죠. 덕분에 사모님 인생에 대홍수는 지나갔습니다. 노아의 방주에서 내려오셔도 됩니다. 따님, 미래와 함께……."

"노아의 방주… 대홍수… 정말 멋진 비유네요. 게다가 그 방주에 금은보화도 가득 실어주시고……."

"그건 애당초 사모님 몫이었는데요, 뭐."

"곧 찾아뵐게요. 정말이지 죽었다 태어나도 변호사님을 잊지 않을 겁니다. 제 소원과 미래 소원을 다 들어준 거예요."

"아직은 정신 바짝 차리셔야 합니다. 기자들이 몰려와 있을지도 모르거든요."

"어머."

시선을 돌리던 신보라가 화들짝 놀랐다. 창규의 말이 현실이 된 것이다.

"자, 권 변, 준비됐지?"

"그럼요."

"내가 총대 맬 테니까 사모님 차까지 잘 모시라고."

"걱정 마십시오. 제가 이래 뵈도 중학교 때 닉네임이 몸빵입니다."

"렛츠 고!"

창규의 걸음이 빨라지기 시작했다. 후문 쪽에 포진 중인 기자들은 수십 명이었다. 거기서 상길과 사무장, 용역 직원이 마중 나온 차까지는 약 50미터. 먼저 나온 창규가 연막부터 피웠다.

"여러분, 제가 신보라 씨 변호사입니다."

"신보라 변호사?"

기자들이 몰려들기 시작했다. 일범은 혼란을 틈타 옆으로 샜다.

"신보라다!"

뒤쪽의 기자들이 눈치를 깠다. 워낙 기자들이 많다 보니 다 속일 수는 없었던 것이다.

"이렇게 관심 가져줘서 고맙습니다. 이혼은 양측 합의 조정으로 끝났습니다. 친권과 양육권은 신보라 씨가 행사하게 되었습니다. 관심 주셔서 고맙습니다."

그 말을 끝으로 창규도 뛰었다. 기자들이 따라붙자 용역 직원들이 몸빵이 되어 길을 막았다.

"상길 씨, 달려!"

창규가 차에 오르며 소리쳤다.

부릉!

굉음과 함께 차가 달려나갔다.

"신보라 씨, 강창규 변호사!"

기자들이 소리쳤지만 차가 멈출 리 없었다.

차는 신나게 도로를 질주했다. 오늘따라 신호등도 착착 잘
도 터졌다.

챙!

"건배!"

일범이 잔을 들었다. 이제는 창규네 아지트가 되어가는 수
제 만두 치킨 맥주집이었다. 보도를 보고 창규가 신보라의 이
혼소송을 주도한 걸 알게 된 여사장님, 심정적으로 신보라 편
이었기에 쌍수를 들고 나섰다.

"똥 싼 놈이 성질낸다고 바람피우고 목에 힘을 줘? 그런 놈
들은 그저 이걸로 싹뚝!"

여사장님이 가위를 찰칵거렸다. 기분이 업(Up)된 그녀는 창
규 팀에 금일 술과 안주의 무료 제공을 선언했다. 그리고 애
교 섞인 조크 하나를 던져놓았다.

"대신 혹시 나도 이혼하게 되면 잘 좀 챙겨줘요. 요즘 우리
남편 하는 꼬라지가 영······."

"하하핫!"

창규가 웃었다. 사무장과 미혜도 웃었다.

"선배님, 2차는 제가 쏘게 해주십시오."

일범이 창규를 바라보았다. 뿌듯함이 좔좔 흐르는 얼굴이었다.

"응? 그럼 나는?"

"선배님은 제일 고생했으니까 그냥 얻어먹어도 됩니다. 그럴 자격 있습니다."

"그럼 오너 체면이 말이 아닌데……."

"아, 진짜… 우리끼리 그런 거 따집니까? 저 아까 최후 조정할 때 진짜 전율 먹었습니다. 쟁쟁한 거물 변호사들 면전에 놓고 긴박한 상황을 리드하는 그 배포, 마지막까지 참고 있다가 휘두른 승부수 또한 관우의 청룡언월도보다 더 빛나는… 슈슝슝!"

일범이 허공에 대고 포크를 휘둘렀다.

"사람 무안하게 왜 이래?"

"아닙니다. 저 진짜 선배님 사무실에 잘 온 거 같습니다. 일할 맛이 팍팍 난다니까요."

"그건 내가 할 말이야. 권 변부터 사무장님, 상길 씨, 미혜 씨까지 손발이 척척 맞으니까 내가 버티는 거지 무슨 수로 거대 공룡 정앤김하고 붙을 생각을 하겠어. 안 그래?"

"변호사니임……."

듣고 있던 미혜 목에서 코맹맹이 소리가 나왔다. 감격해 마지않는 표정이었다.

"좋아요. 그럼 뭐 오늘은 권 변호사님이 쏘세요. 찌질한 우리는 얼굴에 철판 깔고 얻어먹을 게요."

사무장이 엉뚱한 소리를 냈다.

"찌질하다뇨? 무슨 그런 말을……."

창규가 놀라 고개를 들었다.

"어, 잊으셨어요? 변호사님이 원래 찌질이 출신이라기에 저희도 찌질해지면 변호사님처럼 인생 업그레이드되나 싶어서 따라쟁이 좀 해보렸더니……."

"……!"

창규의 말문이 막혔다. 조크 하나도 정이 가는 사무장. 창규네 사무실의 케미는 신선한 맥주맛보다 쿨했다.

하하핫, 하하핫!

방금 산소를 만난 수제 맥주의 목 넘김처럼 짜릿한 밤이 깊어갔다. 하지만 그 밤의 끝에 누구도 예상치 못한 대반전이 기다리고 있었다. 모두를 경악으로 몰아넣는 일대 반전…….

탁탁탁!

다음 날 이른 아침, 상길은 상생병원 복도를 미친 듯이 달리고 있었다. 저쪽에 보이던 응급실 간판이건만 돌아가는 길이 너무 멀었다. 결국 길을 잘못 들었다.

'젠장!'

다시 돌아서서 뛰었다. 병원은 왜 이렇게도 미로 같을까? 비상구 옆으로 돌아서서야 응급실 입구가 보였다. 사무장과 미혜도 보였다.

"사무장님!"

상길은 숨을 고를 사이도 없이 사무장 앞에 멈췄다. 그 옆에 미혜가 있었다.

"어떻게 된 거죠?"

"나도 자세히는 몰라. 방금 왔거든."

"변호사님은요?"

"지금 사모님이 원장님과 이야기 중이셔. 변호사님이 여기 원장님하고 각별하신 모양이야."

"혹시……."

상길, 운을 떼고는 차마 뒷말을 잇지 못했다.

"뭐? 테러?"

사무장이 눈매를 구겼다.

"예."

"엉뚱한 생각하지 마. 사모님 말이 귀가해서 잠시 서재에 들렀는데 새벽까지 침실에 오지 않아 가봤더니 의자에 앉은 채로 의식이 없더래. 그래서……."

"너무 무리하셔서 그럴 거예요. 솔직히 정앤김 이기는 게 가능이나 해요? 우리에게는 말 안 했지만 얼마나 스트레스 받으셨겠어요."

미혜 눈에 눈물이 출렁거렸다.

"그것뿐이야? 팥빵 2인조부터… 거의 아이언맨 같은 강행군이셨지."

"별일은 없어야 할 텐데……."

미혜가 눈물을 닦을 때 일범이 도착했다. 그 역시 급보를 받고 달려오느라 세수도 못한 몰골이었다. 넷은 순비가 나오길 기다렸다. 얼마 후에야 순비 모습이 보였다.

"사모님!"

"다들 오셨네요. 걱정 끼쳐 드려 죄송해요."

"아닙니다. 당연히 와야죠. 변호사님은……."

"그게……."

"……."

"아직 의료진도 원인을 못 찾았다고……."

"……!"

"이게 마치 가사 상태 같다고 하는데 조금 더 지켜볼 수밖에 없다고 하네요."

"어휴!"

일범이 제 이마를 치며 탄식을 쏟아냈다.

"아무튼 따라오세요. 일단 병실로 올라갔거든요."

순비가 앞장을 섰다. 스타노모의 멤버들이 그 뒤를 따랐다.

창규는 특실에 있었다. 기부와 이혼소송을 거치면서 신뢰 관계가 형성된 원장의 호의였다. 하지만 안락한 병실 수준과는 달리 창규의 얼굴에는 생기가 전혀 없었다.

"변호사님!"

미혜는 또 눈물을 쏟았다. 사무장이 후들거리는 미혜를 잡아주었다.

"아, 진짜……."

일범과 상길의 눈도 단숨에 충혈되었다. 창규는 차라리 산송장이라는 게 옳았다.

"사모님, 변호사님 괜찮을 거예요. 힘내세요."

사무장은 그나마 의연했다. 순비가 차분하게 다가가 창규 손을 잡았다.

'창규 씨…….'

그녀는 잔잔한 눈빛으로 중얼거렸다.

'미안해요. 당신이 이렇게 힘들 게 일하는 줄도 모르고…….'

—나는 그때 아프다는 이유로 잠이 들었어요.

—용서하세요.

잡은 창규의 손에 체온은 없었다. 외부의 충격 같은 것도 없이 의식을 놓은 창규. 그래도 두둑만은 두 손으로 부여잡고 있었다. 그게 힘들게 보여 일범이 두둑을 거두려 했다. 빠지지 않았다. 어쩌나 단단히 잡았는지 꿈쩍도 하지 않는 것이다.

"의사들도 못 뺐어요. 원장님 말씀이 크게 해롭지 않은 것 같으니 그냥 두자고……."

순비가 일범에게 말했다.

순비와 스타노모 직원들이 비통해 하는 순간, 창규는 다른 세상에 있었다. 인간계와 다른 그곳.

영계(靈界)였다.

그 곳에서 혼귀국의 새로운 수임에 임하고 있었다. 그 시작은 두둑이었다.

직원들과 회식을 마친 창규, 집에 도착하기 무섭게 순비에게 쾌거를 전했다. 그런 다음 서재로 들어가 두둑을 꺼냈다. 정앤김의 코를 밟아준 건 혼귀왕들의 보너스가 결정적. 그들에게 공을 돌리고 싶었던 것이다.

후웅두우웅!

두둑을 불자 두 혼귀왕이 등장했다.

"……!"

그 모습을 본 창규가 소스라쳤다. 몽달천황이 들고 있는 두 개의 해골. 푸른 사기(邪氣)가 하르르 하르르 흐르는 해골은 보기만 해도 오싹했다.

"기분이 좋아 보이는구나?"

몽달천황이 먼저 물었다.

"자비를 주신 덕분에 보람된 변론 한 건을 해결했습니다."

"수고했다."

몽달천황이 대답했다. 반가운 목소리는 절대 아니었다.

"그래서 고마움을 전하려고……."

"고마울 게 뭐 있느냐? 변호사 말대로 계약에 의한, 계약을 위한 것."

"아직도 불쾌하시다면 죄송하게 생각합니다."

"불쾌하지 않으니 이거나 받거라."

몽달천황이 두 해골을 던져주었다. 흠칫 놀랐지만 받지 않을 수도 없는 것. 얼떨결에 해골덩이를 받아든 창규, 온몸의 털이 삐쭉 솟구치고 말았다.

'이거…….'

눈을 씻고 다시 확인을 했다.

破!

두 해골의 볼에 새겨진 아련한 글자가 엿보였다.

破.

破…….

그러나 다른 사례와는 달리 흰색의 破. 처음 겪는 일이기에 창규가 혼귀왕을 바라보았다.

"무얼 그리 혼비백산 하느냐? 이제 한두 건도 아니고 서른 건도 넘는 수임을 마친 내공이신데."

서른 건도 넘는…….

계약서 꼼수를 질책하는 말이 분명했다.

"하지만 이건……."

"새로운 수임이다."

"해골을… 요?"

"왜? 계약서 내용을 꼼꼼히 봤더니 영계에 대한 수임을 금한다는 내용은 없더라만은?"

"……."

"계약서를 확인하겠느냐?"

혼귀왕들이 허공에 계약서를 펼쳐놓았다. 그들의 소심한 복수인가? 하지만 이미 30배 벌금 조항으로 선제 타격을 날린 창규였기에 토를 달 수도 없었다.

"알겠습니다. 하지만 저는 인간인데 어떻게 귀신을……."

"네 변호사 자격은 사람에게만 유효하다?"

"그것도 그렇고……."

"그 자격은 내가 부여하마."

그 말과 함께 창규의 온몸에 창백한 빛이 휘감겼다.

"이제 귀신들이 너를 보면 귀변(鬼辯), 즉 귀신 변호사로 대우를 할 것이다. 네 식으로 말하자면 영계 수임이지 않겠느냐?"

"귀신의 일이라면 두 분 능력으로 될 일을……."

"그럴 만한 이유가 있으니 변호사에게 맡기는 것 아니겠느냐? 게다가 아무 곳에나 덥석 우리가 나서면 웃음거리가 될 일."

─그럴 만한 이유.

그 말이 창규의 입을 막았다.

"분투하거라. 변호사 그대의 목숨을 위해서."

몽달천황의 몸이 아련해지기 시작했다.

"혼, 혼귀왕님들……."

창규가 몽달천황을 불러세웠다.

"질문이 있느냐?"

"이건… 너무 황당하지 않습니까? 이 또한 인간계의 수임처럼 할 수 있는 일입니까?"

"당연하지. 다만……."

창규를 바라본 몽달천황이 스산하게 말을 이었다.

"성공하지 못하면 그대로 영계에 남을 것이다. 즉, 성공해야만 인간계로 돌아간다는 뜻이로다."

"그럼 이 상태로 바로 수임을?"

"이미 시작되었지요?"

"아마, 그렇죠?"

몽달천황과 왕신여제가 서로 맞장구를 쳤다. 오싹 황당한 마음 어쩌지 못하는 동안 두 혼귀왕은 사라지고 말았다.

"이, 이봐요. 혼귀왕님들, 몽달천황님, 왕신여제님!"

외침을 따라 안개가 풀썩 일어났다. 그러고 보니 무릎 아래
는 온통 진한 안개였다. 돌아봐도 다른 건 없었다. 안개… 안
개……. 바라보는 방향만 쭉 뚫려 있을 뿐 다른 공간은 회색
안개로 가득했다.

꿈일까?

어쩌면…….

"아야!"

그렇지 않았다. 살집을 비트니 뭉긋하게 아픈 느낌이 딸려
왔다. 삶도 죽음도 아닌 것. 영계가 맞는 것 같았다.

젠장!

제대로 걸렸다.

계약서의 꼼수… 그대로 넘어가나 싶었지만 결국 대가를
치르게 되는 것이다. 주저앉고 싶지만 참았다. 이대로 주저앉
으면 이대로 끝나는 목숨이었다.

─실패하면 끝장!

혼귀왕이 괜한 소리를 할 리 없다. 실제로 계약이 그렇지
않은가?

어디로 가야 할까 고개를 드는데 발에 뭔가가 걸렸다. 혼귀
왕들이 던져주었던 해골 두 구였다. 그걸 양손에 집어 들자

창규의 몸이 떠올랐다.

응?

무중력일까? 아니면 의식의 흐름일까? 속도감도 없이 몸이 움직이기 시작했다. 음습한 공간들이 줄지어 지나갔다. 귀신들이 좋아하는 공간이다. 귀신은 음으로 대표되는 것. 그렇기에 어둠이나 음습한 공간은 그들의 '마이 홈'과 다름이 없었다.

썩은 오동나무 아래 늙은 망령들이 보였다. 그들도 창규를 보았지만 별다른 해는 끼치지 않았다. 그 공간 옆으로는 살육귀들이 바글거린다. 뭔가를 뜯어먹으며 피에 절어 있다. 그들역시 살광을 튕겨내지만 창규를 어쩌지는 않았다.

세 번째 무리들은 미녀들이었다. 백제 의자왕의 대표 궁녀들이라도 되는 걸까? 아니면 여대생 미녀들이 단체로 사고라도 당한 걸까? 비비 크림을 떡칠하고 그 위에 투명한 얼음 마스크를 쓴 듯 오싹한 창백미. 그래도 시선을 끄는 비주얼이었다. 귀신도 예쁘면 보기 좋다. 그녀들은 똑같은 동작으로 창규를 바라보며 멀어졌다.

몇몇 징그런 무리들이 더 지나갔다. 그리고… 썩은 지붕과 벼락 맞은 왕버들의 그루터기, 그 위에 흙벽돌이 엉망으로 무너져 내린 곳에서 주인공을 만났다.

이유를 알았다.

혼귀왕들이 나서기 거북한 곳.

무너진 건물은 오래 된 교회였다. 거꾸로 쓰러져 삭아가는 십자가와 종탑이 그걸 증명하고 있었다. 그럼 저 귀신들은 어떻게 여기에?

남자와 여자…….

기괴하게 야윈 두 형체… 아사라도 한 듯 사월 대로 사윈 귀신들이었다. 크기도 어린 동자 귀신처럼 작았다.

일단 얼굴부터 확인했다. 하얀 볼에 하얀 사기(邪氣)로 빛나는 표식.

破!

있었다.

틀림이 없었다.

그런데 왜 이렇게 작고, 왜 이렇게 사위었단 말인가? 어린 몸으로 굶어죽은 귀신들일까? 다른 곳도 아닌 교회에서?

'아…….'

잠시 생각에 잠길 때 변호사 합격 후에 단체로 방문했던 병원이 떠올랐다. 어린이 장애 전문 병원. 그곳 중환자실에서 본 선천성 대사 이상 질환 아이들. 그 모습과 겹치자 퍼즐처럼 들어맞았다.

선천적으로 어떤 영양 성분을 소화·흡수·분해하는 효소가 없어 뇌, 심장, 안구 등에 치명적인 장애를 가져오는 무서운 질환. 단풍단백뇨니 페닐케톤뇨니 하며 설명하던 간호부장의 말이 상기된 것이다.

그 아이들 체구는 고작 두세 뼘 남짓이었다. 소모성 질환이라 먹어도 살이 되지 않는다. 그렇게 연명하다가 삶을 마감한다. 길어야 20년을 산다고 했다.

귀신의 외형으로 보아 틀림이 없었다. 선천성 대사 장애를 앓다 죽은 아이들. 눈물 없이는 볼 수 없었던 그들의 삶. 하지만 이건 영계의 수임. 거부할 수도, 넘어갈 수도 없는 일이었다.

─귀신…….

─귀신도 음식을 먹을까?

─생전에 먹은 음식의 정보를 볼 수 있을까?

일단 쌍식귀를 불러냈다.

그런데… 놀랍게도 쌍식귀가 '진짜' 모습을 드러냈다. 인간계에서는 투명하던 것이 이곳에서는 적나라한 실체로 보이는 것이다. 두 쌍식귀는 사원 귀신의 몸에서 섭취물 일체를 뽑아내기 시작했다. 그 과정 또한 하나의 예술이었다. 마치 술법사나 마법사가 진액을 뽑아내듯이, 누에가 실을 짜내듯이 하질 않는가? 빛처럼 빨려 나온 음식물들이 적나라하게 펼쳐졌다.

"……!"

섭취물을 끌어낸 쌍식귀들이 사라지자 창규 눈이 휘둥그레졌다. 두 귀신들의 섭취물은 거의 '붕어빵'이었다. 식도를 통해 직접 주입된 영양죽과 링거액, 각종 약……

약에서 약간의 차이가 있지만 먹거리의 틀은 크게 다르지 않았다. 섭취물 연한은 19년과 19년 8개월……. 살아온 기간은 조금 다르지만 마지막 음식을 먹은 날짜까지 똑같았다.

"……."

톡!

이유가 나오자 눈물 한 방울이 흘렀다. 평생 살아온 두 아이의 환경 때문이었다. 창규가 보았던 그 병원, 그 병실, 그 침대였다. 박박 밀어버린 머리를 하고 누운 병원 침대. 이웃한 침대에서 서로를 바라보며 사위어가는 목숨들.

말도 할 줄 모르는 두 어린 장애아. 그 생이 다해 남자가 먼저 목숨 줄을 놓자 상심한 여자의 목숨도 그날 자정에 목숨 끈이 떨어졌다. 눈앞에 보이는 귀신들의 히스토리였다.

둘은 서로 의지하며 살았다. 스스로 돌아누울 능력도 없기에 얼굴을 보는 것도 간호사들 손에 달려 있었다. 어쩌다 방향이 맞아 시선이 닿으면 눈으로 말했다.

김재한.

김미진.

둘은 같은 성. 부모 없는 아이들이기에 원장의 성을 따랐다. 병원에는 여자가 먼저 왔다. 아이가 이상하게 보이자 부모가 버린 것이다. 8개월 후에 남자가 들어왔다. 여자와 같은 과정이었다.

아이들이 볼 수 있는 건 서로일 뿐이었다. 침대 두 개가 놓인 공간의 한쪽은 벽인 까닭이었다. 매일 대하는 간호사와 의사는 마스크를 꼈기에 뭐가 미인이고 뭐가 미남인지의 개념도 없었다.

김재한… 안녕?

김미진… 안녕?

한 번 인사하면 또 언제 다시 눈이 맞을지 알 수 없는 아이들. 사랑이 뭔지 잘 모르지만 애틋하게 바라보던 시선을 간직한 채 죽어서 만났다.

그 또한 비극이었다. 아이들이 버려진 곳은 외딴 곳의 무너진 교회 터. 병원의 사체를 처리하는 업자가 돈 몇 푼 아끼려고 아이들 유해를 저 꼴리는 대로 유기한 것이다.

—이번 아이들은 숲.

—저번 아이들은 바닷가.

—김재한과 김미진은 무너진 옛 교회터.

귀신이 된 아이들이 여기에 적응한 건 십자가 때문이었다. 병실 침대 맡에 십자가가 있었다. 한 독실한 간호사의 선물이었다. 아이들은 종교를 몰랐다. 귀화할 능력도 없었다. 하지만 오랜 시간 십자가와 함께했다. 그 덕분에 다른 귀신과는 달리 이곳에 적응할 수 있었다.

둘은 무너진 교회터를 떠돌며 지냈다. 그래도 침대에서 앓던 때보다는 나았다. 그래서 역설적으로, 둘은 행복했다. 하하하, 호호호 작은 웃음이 밤마다 계곡에서 빠져나갔다. 더러 시새운 귀신들이 날아왔지만 무너진 십자가나 종탑 뒤로 숨으면 그만이었다. 그래서 혼귀왕의 오더가 된 것이다.

이것 참…….

황당한 일이었다.

텅 빈 백지 같은 생을 살다 마감한 가엾은 영혼들. 다른 커플들의 경우처럼 과시적이거나 위선도 아닌데… 응?

—위선이 아니야?

—그럼 이 수임은 거부할 수 있잖아?

서둘러 계약서를 상기했다. 그런 조항은 분명히 있었다.

"……!"

하지만 거기서 창규의 눈빛이 꺾였다.

—갑의 의뢰 실수로 천상배필인 인간을 의뢰의 대상으로 삼는 경우 그 또한 132조 3항에 준한다.

인간!

그 단어가 발목을 잡았다.

인간: 생각을 하고 언어를 사용하며, 도구를 만들어 쓰고 사회를 이루어 사는 동물.

귀신: 사람이 죽은 뒤에 남는 넋.

정의가 달랐다. 주체가 달랐다. 지금 창규에게 떨어진 의뢰의 대상은 인간이 아닌 것이다.

'젠장!'

입술을 깨물고 호흡을 골랐다.

수임.

피해가는 쪽은 포기했다. 혼귀왕들이 작심하고 내린 오더이니 해결하는 쪽으로 가닥을 잡았다.

하지만!

한 세상 우울한 회색처럼 살다가 저문 어린 생명들도 위선이 있을까? 다른 이성을 불손하게 마음에 담고 있을까? 일단 김재한부터 낱낱이 열어 제쳤다. 잡티라고는 없을 것 같은 귀신들이기에 창규의 리딩은 그 어느 때보다 세밀하고 차분하게 전개되었다.

[죽]

[액]

[링거]

[영양액]

김재한이 평생 먹은, 그러나 매일이 거의 똑같이 반복되는 섭취물. 음식물은 차라리 죽은 후에 다양해졌다. 여기저기 제 삿밥이라도 주워 먹은 까닭이었다.

보여다오.

대체 무엇 때문에 혼귀왕들이 너희를 찍었는지.

이렇게 가엾은 영혼들 속에도 때 묻은 무엇이 있다는 건지.

부디.

나를 원망하지는 말고……

"아!"

생의 첫날부터 짚어오던 창규가 김재한의 청소년기에서 한숨을 내쉬었다. 대사이상 장애아 김재한. 그도 분명 '인간'이었다. 모든 것이 평균 이하지만 눈, 코, 입에 손발, 오장육부가 있는 것이다. 그렇기에 오감도 있고… 남자의 감정도 있었다. 페니스 역시 발달하지 않았지만 그렇다고 수컷이 아닌 건 아니었다.

예쁜 간호사가 오면……

"……!"

그는 느꼈다. 엉큼해서가 아니라 저절로였다. 신이 그에게 준 그것이, 젊은 간호사일수록 시나브로 발동이 되는 것이다. 물론, 그 발동도 작았다. 보통의 청소년처럼 페니스가 커지고 정액을 발사하는 게 아니라 김재한만의 미미함으로 느낌을 받곤 했다.

간호사들은 김재한과 직접 닿았다. 마스크를 꼈다지만 살에 닿았고 숨결에 가까웠다. 옆자리의 미진을 사랑하지만 직접적인 감이 오는 간호사의 손길을 기다리게 된 것이다.

―이것은 죄가 될까?

―본능에 이끌린 감각도 죄가 되는 것일까?

김재한의 기억에 남은 간호사는 둘이었다. 그 둘이 자신을 닦아주고 돌보면 가슴이 뛰었다. 남자의 중심에 희미한 불씨가 켜지고 더러는 꿈속에서 몽정도 가능했다. 어쩌면 건강한 남자들이 제 애인을 옆에 끼고도 라인 좋은 여자나 섹시한 여자를 바라보는 것과도 같은 케이스.

거기까지 짚고 김미진 리딩으로 옮겨갔다. 섭취물이 비슷하므로 시간이 절약되었다. 김재한에게서 경험했기에 리딩에 속도가 붙은 것이다.

"......!"

김미진의 경우에도 한 사람이 있었다. 미혼의 남자 방사선사였다. 3개월에 한 번 정도 김미진과 접촉을 했다. 분기별 정기검사 때 포터블 촬영기를 가져와 방사선을 찍은 것. 그때마다 받게 되는 그의 손길과 그의 시선, 체취가 좋았다. 그래서 김미진도 남자 방사선사를 기다렸다.

죄.

창규는 법의 기준을 떠나 죄를 돌아보았다. 이 아이들의 경우이기에 상대방에게 죄가 되는 것일까? 어른에게는 어른의 법이 있고 아이들에게는 아이들의 법이 있듯이?

판단하지 않기로 했다.

두 아이에게 보통 사람의 기준을 들이댄다는 건 의미가 없을 것 같았다. 사람은 사람으로서 느끼고 개미는 개미로서 느낀다. 말하자면 세계와 차원이 다른 것. 이런 경우의 판단은 아이들 스스로가 심판관이 되는 게 맞을 것으로 보였다. 둘이 그렇다면, 그런 것이다.

휘잉!

바람이 불자 무너진 종탑에서 종소리가 들려왔다.

뎅, 데엥!

귀음(鬼音)이다. 맨 정신이라면 창규에게 들릴 리 없는 종소리. 그 종소리를 따라 왕버들의 그루터기에서 귀신불이 불을 켰다. 목재 안에 인성분이 있어 물기를 머금으면 빛을 내는 나무. 종소리를 따라 날아오른 귀신불은 마치 반딧불 무리처럼 보였다. 남자아이 김재한이 그 빛을 따라 움직였다. 남자이기에 호기심이 더 많은 것 같았다. 찰싹 붙었던 둘이 떨어진 사이. 창규가 그 틈을 노렸다.

"안녕?"

왕버들 가루를 한줌 쥐고 인사를 했다. 왕버들 가루는 푸른빛을 내며 종소리를 따라갔다.

"누구세요?"

혼자 남은 김미진이 앙상한 몸을 움츠렸다.

"혼귀국 변호사."

"변호사요?"

"응."

"우린 변호사 필요 없는데."

"알아. 김재한과 김미진?"

"네……."

"너희가 너무 사이가 좋다는 소문을 듣고……."

"우와, 정말요?"

"진짜 온리 사랑해?"

"네."

"얼만큼?"

"하늘만큼 땅만큼요. 저는 재한이를 좋아하고요 재한이는 나만 좋아해요."

"정말?"

"네!"

"그럼 네 속에 들어 있는 방사선사는?"

"네?"

별빛처럼 찰랑거리던 김미진이 까불기를 멈췄다.

"그거 김재한이 알아?"

"그건……."

"김재한 마음에도 다른 여자가 있더라?"

"정말요?"

"이상화 간호사, 김현아 간호사……."

"어머!"

"너도 알지? 그 두 간호사?"

"네……."

"그 두 간호사가 오면 김재한은 네게 시선을 주지 않았어. 방사선사가 왔을 때의 네 마음처럼… 가지 마세요. 조금만 더 있으세요… 기억하지?"

"……."

"기분이 어때?"

"재한이는 둘이나 돼요? 저는 하나인데……."

김미진의 혼이 파르르 떨었다. 마음의 상처가 되는 모양이었다.

"배신감이 드니?"

"조금요."

"둘이 헤어지렴."

창규가 결론을 꺼내놓았다.

"……."

"둘이 좋아한 건 병원에서로 충분해."

"……."

"아니면 언제까지 이렇게 살 건대?"

"하지만 여기서 나갈 방법이 없어요. 여기서 나가면 다른 귀신들이 해코지를……."

"하늘로 가서 사람으로 다시 태어나면 되지."

"그게 가능해요?"

"내가 도와줄게."

"어떻게요?"

"너희가 하늘로 갈 길을 열어주면 돼. 그다음에 고운 마음으로 다시 태어나서 그때 진짜 아름다운 사랑을 하렴. 이번 생에서 네가 한 사랑도 나쁘지는 않았지만 그건 어쩔 수 없는 상황 속에서의 선택이었는지도 몰라."

창규의 대안이었다. 두 영혼의 천도. 마침 생각나는 사람도 있었다. 석계수의 할머니였다. 잘만 된다면 모두가 원원 하는 길이 될 수도 있었다.

"어쩔 수 없는?"

김미진이 물었다.

"너희 둘… 많은 사람들 중에서 마음이 맞은 건 아니잖니? 그저 너희 둘밖에 닿을 수 없었기 때문에 선택의 여지가 없었지."

"하지만 재한이는 저를⋯⋯."

"너는 재한이를 믿는다?"

"네."

"정말 그럴까?"

"네."

"그럼 이렇게 하자. 내가 재한이를 시험해 볼 테니까 잠깐 어디 좀 숨어 있으렴. 시험에서도 재한이가 오직 너만 사랑한다면 나도 생각을 더 해보마. 어때?"

"그렇게 할 게요."

"그럼 어디로 좀 피해줄래?"

"네⋯⋯."

창규의 말이 끝나자 미진은 왕버들의 썩은 그루터기 안으로 숨어버렸다. 잠시 후에 김재한이 돌아왔다. 그의 손에는 배가 들려 있었다.

"미진, 미진?"

김재한의 목소리 앞에 창규가 등장했다.

"누구세요?"

놀란 재한이 경계 태세를 갖추었다.

"변호사!"

"변호사가 왜요? 우리 미진이 못 봤어요?"

"그 아이는 혼귀왕들이 데려갔어. 착한 마음씨라 상을 준다고."

"……."

"너한테도 선물을 주라고 하던데?"

"저한테요?"

"그래. 잠시만 기다려 주겠니?"

김재한의 다짐을 받은 창규가 몸을 움직였다. 창규가 이동한 곳은 미녀 귀신들이 즐비한, 아까 그곳이었다.

"여러분!"

창규가 귀신들을 불렀다. 넋을 기리는 제를 지내주겠다며 협조를 구하자 허락이 떨어졌다. 창규는 최고로 예쁜 귀신을 골랐다. 비주얼부터 몸매까지 절색의 미녀였다. 다음으로 살육귀를 찾아갔다. 얼굴이 뭉개지고 내장이 줄줄 튀어나온 악귀였다. 툭툭 터진 살 틈에서는 혈흔이 꾸역꾸역 밀려나왔다. 무지막지한 손으로 움켜쥔 식칼은 황소라도 포를 뜰 듯 살벌했다. 살육귀 역시 천도를 약속으로 포섭을 했다.

두 귀신을 이끌고 무너진 교회 근처로 돌아왔다. 김미진이 몰래 다가왔다.

"시작할까?"

창규가 김미진을 바라보았다. 그녀는 고개를 꾸벅하고는 악귀를 향해 걸어갔다.

"아악!"

잠시 후에 비명이 울려퍼졌다. 미녀 귀신의 비명이었다. 소리를 들은 김재한이 벽돌 틈에서 고개를 내밀었다.

"살려주세요, 살려주세요!"

미녀는 죽은 느릅나무 가지에 묶여있었다. 얇은 천 하나만을 두른 몸매. 그 나신에 푸른 달빛이 쏟아지니 그처럼 아름다울 수가 없었다.

"나 좀 살려주세요. 제발요."

미녀의 목소리는 더욱 애절해졌다. 김재한이 조심스레 교회터를 나와 그녀에게 향했다.

"제발… 악귀에게 잡혀왔어요. 풀어만 주면 평생 주인으로 모시고 내 모든 것을 바칠게요."

미녀가 손을 내밀었다. 흰 목과 가슴골은 가히 환상이었다. 달빛에 일렁이는 허벅지까지도……

"하지만 내 모습은 보다시피……"

"괜찮아요. 나는 당신처럼 작은 영령이 좋아요. 너무 멋진 걸요."

"……"

"제발……"

미녀가 내미는 손을 향해 김재한이 다가섰다.

"내 손을 잡아줘요. 당신이 필요해요."

미녀는 더 애절하게 말했다. 김재한은 황홀경에 휩싸여 어쩔 줄을 몰랐다. 가까이에서 보니 미녀는 더욱 아름다웠다. 김재한의 손이 미녀에게 향했다. 소위 맛이 간 표정이었다. 바로 그 순간 뒤편에서 또 하나의 비명이 울렸다.

"까악!"

이번에는 김미진이었다. 그녀 역시 고목의 가지 위에 매달려 있었다. 그러나 미녀와는 그림이 달랐다. 작고 말라비틀어진 김미진은 고목의 일부처럼 보일 정도였다. 순간 악귀가 김재한의 뒤에서 모습을 드러냈다.

"……!"

놀란 김재한이 뒷걸음질을 쳤다. 하지만 오금이 저려 악귀를 벗어날 수 없었다.

"헤이, 꼬마!"

악귀가 김재한을 내려 보았다.

"여자들에게 관심이 있나?"

"……."

"나야 심심풀이 간식으로 잡아둔 건데 너는 그렇지 않은 눈치로구나? 누굴 원하냐?"

"……?"

"나는 하나만 먹으면 되니까 네가 원하는 귀(鬼)를 살려주마."

"……."

"선택해라. 아니면 너도 이 칼에 썰려 죽든지."

악귀가 식칼을 휘둘렀다. 김재한은 공포에 질려 한 발도 움직이지 못했다.

"셋 셀 동안 시간을 주마. 하나……."

악귀가 카운트를 시작했다.

"저기요, 저를 선택해 주세요. 당신은 나의 이상형, 당신을 위해 무엇이든 할 수 있어요."

미녀 귀신이 울먹거렸다.

"김재한……."

김미진도 다르지 않았다.

"둘!"

악귀가 하나를 더 세자 김재한은 바삐 두 여자를 돌아보았다.

"제발요, 당신을 사랑해 줄게요. 내 몸이 다 부서지도록."

"무슨 소리야? 김재한은 내 거야. 나만 사랑한다고."

"홍, 그런 주제에 무슨 사랑. 저분은 나와 어울려."

"김재한… 나 무서워……."

미녀 귀신과 김미진은 공방을 주고받았다. 그때마다 김재한의 시선은 김미진과 미녀 사이에서 어쩔 줄을 몰랐다.

"셋!"

마지막 카운트가 끝났을 때 김재한은 그 자리에 주저앉았다. 김미진을 구해야 했지만 몸은 미녀 쪽으로 기울었다. 그렇기에 그 누구도 선택하지 못하고 무너진 것이다. 동시에, 김미진의 기대는 신기루가 되어 사라졌다.

김재한.

미녀의 유혹을 넘지 못했다. 하늘이 내린 사랑이 아니라, 선택의 여지가 없었기에 사랑한 거라는 창규의 말이 입증되는 순간이었다.

"……!"

나중에야 자신을 시험한 걸 안 김재한. 뜨악한 표정이 되었지만 김미진의 마음은 그를 떠난 후였다.

데엥!

창규 귀에 종탑의 종소리가 들려왔다.

수임 오버.

창규는 비로소 안도의 숨을 쉬었다.

스슥!

창규가 내민 이혼 서류에 두 귀신이 사인을 했다. 그것으로 영계 수임은 끝이었다.

아이들에 대한 가책은 내려놓았다. 오히려 잘된 일로 생각했다. 둘이 좋아한다지만 귀신의 몸. 다음 생에서 멋지게 태어나, 둘이 다시 만나든, 아니면 다른 사람을 만나든, 그렇게 사는 게 더 바람직하다고 생각한 것이다.

이제 창규 머릿속에는 석계수의 할머니가 선명했다. 그녀의 친구라는 노련한 무당… 그녀라면 할 수 있을 것 같았다.

김재한과 김미진, 그리고 도움을 준 미녀 귀신과 살육귀. 그들의 넋을 기리는 제사나 천도를 행할 생각이었다. 석계수의 할머니라면 팔을 걷고 도와줄 것으로 믿었다.

후둥두웅!

두둑을 불었다. 안개와 함께 혼귀왕들이 나타났다.

"파탄으로 몰았습니다."

창규가 서류를 건네주었다. 서류를 받아든 몽달천황이 확인에 들어갔다.

그들의 허공에 김미진과 김재한이 떠올랐다. 둘은 무너진 교회터의 끝과 끝에서 각을 세우고 있었다. 호호하핫 꽃을 피우던 어제의 사이가 아니라 찬바람 몰아치는 시베리아 벌판이었다.

"흐음, 역시 재주가 좋아."

혼귀왕들이 흡족한 미소를 지었다.

"저는 이제 인간계로 돌아가는 겁니까?"

"당연히……."

"이런 의뢰. 다시는 없었으면 합니다."

"허를 찌른 건 변호사가 먼저였을 텐데?"

"그렇지만 인간의 기준으로 귀신을 판단하는 건 쉬운 일이 아닙니다. 이 아이들의 경우, 인간이었다면 심판의 대상도 아니었습니다."

"인간이었다면 변호사가 또 계약 조항 위반을 들고 나왔겠지?"

"……."

"그럼 우리는 또 30배 벌금에 보너스로 쌍식귀 3회 보너스까지 안겨줘야 하고."

"……."

"솔직히 조금은 그때의 감정 때문이기도 하지만 그렇다고 의도적으로 엿 먹이려고 한 건 아니라네. 귀신이면 귀신답게 살아야지. 인간처럼 일편단심 열애라니?"

"아무튼 지난 일에 대한 유감은 이것으로 상쇄가 되었기를 바랍니다."

"그러세. 어차피 우리 일을 하는 변호사인데 서로 각을 세워 좋을 거 없으니."

"고맙습니다."

"자, 그럼 인간계로 가게나. 가서 444건이 될 때까지 달려야지?"

몽달천황의 손이 허공을 저었다. 그러자 검은 회오리 들끓는 문이 열렸다. 그 문이 다가와 창규를 감쌌다. 눈앞이 온통

검정으로 변해 버렸다.

"악!"

비명과 함께 창규가 상체를 세웠다.

"여보!"

귀에 순비 목소리가 들려왔다.

"엄마, 아빠가 일어났어."

승하 목소리도 들렸다.

"순비."

창규가 시선을 들었다. 병원이었다.

"승하야, 나가서 아빠 사무실 언니 오빠들 들어오라고 해. 아빠가 깨어났다고."

순비가 간호사 콜을 누르며 말했다.

"변호사님!"

"선배님!"

사무장과 일범, 상길과 미혜가 들이닥쳤다. 한윤기 원장과 간호사도 그 뒤를 이었다.

"원장님!"

창규가 원장을 바라보았다.

"아아, 그냥 있어요. 지금 봐서는 문제가 없는 것 같지만 사흘이나 꼼짝도 않던 사람이라……."

"내가 사흘이나?"

창규의 시선이 순비에게 향했다.

"그랬어요. 얼마나 걱정했다고요."

순비의 눈에 물기가 서렸다. 창규 품에 안긴 승하는 콩알같은 눈물을 똑똑 흘리며 떨어질 줄을 몰랐다.

"허어, 이것 참 귀신이 곡할 노릇이네? 다 정상이잖아?"

체크를 한 원장이 고개를 갸웃거렸다.

"걱정 끼쳐 드려 죄송합니다. 몸에 피로가 많이 쌓여서……."

창규가 둘러댔다. 꿈속에서 한 건을 해치우고 왔다는 말은 차마 할 수가 없었다.

"좋아요. 강 변호사님 정도면 그럴 수 있지요. 무려 정앤김 사단과의 전투에서 압승을 거뒀다면서요?"

"죄송합니다. 여러분, 너무 오래 자서……."

창규가 사람들을 향해 고개를 숙였다.

"괜찮아요. 열흘을 자면 어떻고 한 달을 자면 어떻겠어요? 이렇게 무사하신 것만 해도……."

미혜가 젖은 목소리로 웅얼거렸다. 사무장도 바로 한마디를 거들었다.

"한 달은 좀 길지 않겠어? 단 삼 일 동안에도 우리 미혜 씨, 변호사님 걱정하느라 살이 쪽 빠진 거 같은데?"

"좋잖아요? 돈 안 들이고 다이어트……."

미혜의 응수에 병실 안이 웃음바다로 변했다.

"자, 그럼 짝퉁 환자는 퇴원을 해도 될까요?"

창규가 원장을 바라보았다.

"안 되죠. 법정에서야 강 변호사님이 갑일지 몰라도 병원에서는 내가 갑이거든요"

"그건 인정합니다."

"퇴원 준비하시고 제 방으로 잠깐 오세요. 아, 병원비 낼 생각일랑 마시고요."

"어, 그러시면 안 되는데?"

"뭐가 안 돼요? 만약 병원비 낼 거면 퇴원 못 합니다."

원장의 엄포가 떨어지자 병실은 한 번 더 웃음바다가 되었다.

"사무장님!"

환자복을 벗어던진 창규가 정수라를 바라보았다.

"네?"

"저 없어도 사무실 잘 돌렸죠?"

"뭐 그렇긴 해요."

"석계수 할머니 연결 좀 시켜주세요. 굿판 좀 벌여야 할 것 같아요."

"굿이요?"

"잠자는 동안 꿈을 꾸었거든요. 꿈이 신기해서 그래요. 이상하게 생각하지 마시고요."

"알겠습니다."

대답을 들으며 원장실로 향했다. 문은 열려 있었다.

"진짜 괜찮아요?"

한윤기가 물었다.

"보시다시피."

"강 변호사님은 사람 놀라게 하는 재주를 가지셨나 봅니다."

"죄송합니다."

"그래서 말인데… 아무래도 과로를 하신 거 같으니 머리도 좀 식힐 겸 저랑 해외 한번 안 나가시렵니까?"

"해외요?"

"뭐 그렇다고 럭셔리한 여행은 기대하지 마시고요, 실은 이 번이 미얀마 양곤병원 쪽 아이들 수술을 해줄 차례인데… 제가 지난번에 당한 게 있어서 현지에 한번 가보려고요."

"당하셨다면?"

"이게 본래 취지가 가난한 아이들 돕자는 거 아닙니까? 그런데 알고 보니 그쪽 권력층과 군부가 미는 아이들이 끼어 온다지 뭡니까? 그래서 직접 가서 경종도 울려주고 아이들 사는 환경도 볼 겸… 그러다 보니 혼자 가기도 그렇고… 강 변호사님 필이 가끔 귀신처럼 적중하기도 하니… 더구나 이번 환자들이 마침 강 변호사님 기부금으로 수술하는 차례라……."

"그런 건 원장님이 알아서 하셔도……."

"하핫, 이거 이제 혼밥 먹는 주제라 머리도 식힐 겸 청탁하는 건데 매몰차게 거절입니까? 홀아비 냄새나서요?"

"홀아비요?"

그 말이 창규 심금을 울렸다. 그리고 보니 만천하가 공인하는 잉꼬부부에서 외기러기 신세가 된 원장. 창규는 자신의 대답이 사려 깊지 못한 것을 알았다.

"괜찮으면 저번에 기부해 주신 분들도 같이… 쥬잔, 몽달천황, 왕신여제였었죠?"

"아, 그분들은 다른 나라에 있어서……."

"외국으로 나가셨나 보군요?"

"예, 예……."

창규가 얼버무렸다. 아주 틀린 말은 아니었다. 쥬잔은 외국이고 혼귀왕들 역시 이 세계의 사람들은 아니었으므로.

"뭐 기간이 길지 않으면 같이 가시죠. 라오스 루앙프라방은 가봤어도 미얀마는 처음이기도 하고……."

창규가 수락을 했다. 마침 원장에게 고백할 건도 있는 창규였다.

"저도 길게는 못 갑니다. 일정은 4박 6일이고요, 비행기도 이코노미고요, 호텔도 일박당 5만 원짜리 저렴한 걸로 잡을 거니까 이해해 주세요. 돈 아껴서 애들 하나라도 더 구해야죠."

─돈 아껴서 애들 하나라도 더.

참 마음에 드는 말이었다.

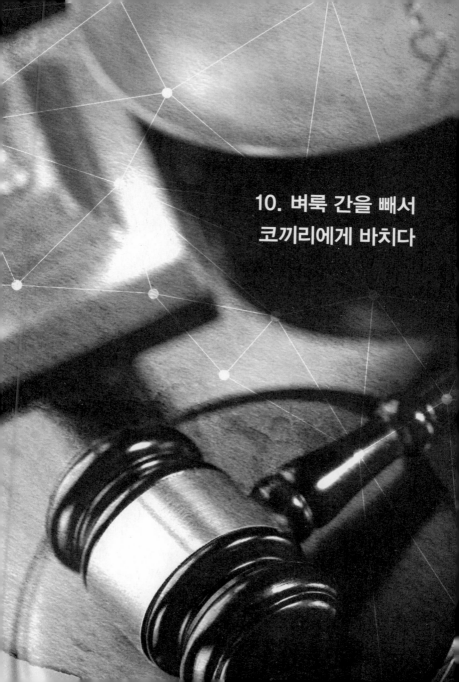

10. 벼룩 간을 빼서
코끼리에게 바치다

　며칠 후에 양곤행 비행기에 올랐다. 그사이에 무속인을 청해 천도제를 올려주었다. 석계수 할머니는 창규를 칭송해 마지않았다. 그렇기에 천도제 비용도 거의 나가지 않았다. 할머니의 친구 무당이, 잘나가는 젊은 무당을 골라 실비로 떠안긴 것이다. 그 무당이 석계수 할머니 친구의 신딸이었기에 안 될 것도 없었다.

　그날 밤, 창규는 김재한과 김미진을 만났다. 창규의 꿈이었다. 꿈에서 두 아이는 의젓한 처녀 총각의 몸이 되어 있었다. 20여 년 사원 육체를 버리고 정상적인 육체를 얻은 것. 비록 영혼이지만 보기에 좋았다.

"고맙습니다."

김미진이 먼저 인사를 올리고 하늘로 날아갔다. 김재한은 조금 후에 그 뒤를 이었다. 미녀 귀신과 살육귀도 차례차례 지상을 떠났다. 새벽꿈에서 일어났을 때 창규는 너무나 가뜬했다. 돈 한 푼 받지 못한 수임. 오히려 적은 돈이나마 창규 주머니에서 돈이 나간 상황. 하지만 그 어떤 지출보다도 값진 기분이 든 것이다.

'부디 좋은 생으로 다시 태어나기를……'

전생이니 내생이니 하는 건 잘 모르지만 그렇게 빌었다. 꼭 그렇게 될 것 같았다.

"어때요?"

비행기 안에서 원장이 물었다. 그는 편안한 캐주얼 차림이었다.

"이코노미 말입니까? 저도 일등석 같은 거 타본 적 없습니다."

"오, 그래요? 변호사님들은 일등석만 타고 다니는 줄 알았는데."

"저는 의사들이 그런 줄 알았거든요."

"하핫, 의사도 의사 나름이죠."

"별말씀을… 원장님과 함께 가니 일등석보다도 나은 걸요."

"하핫, 거짓말 한번 기분 좋게 하시는군요."

"이거 한번 보실래요?"

창규가 내민 건 문자메시지였다.

[재명: 요즘 주목하고 있습니다. 잘 다녀오세요. 같이 못 가서 아쉽군요.]

이재명!

그 문자의 주인공이었다.

"서울지법 부장판사십니다. 제 인생을 구제해 주신 분 중 한 분이죠."

창규가 웃었다.

"그래요?"

"지난번에 기부한 돈 있죠. 그거 이분이 지원으로 봐도 무방합니다. 원장님 믿으니까 드리는 말인데 사실 이분 이름으로 내고 싶었지만 현직 판사라 혹시라도 누가 될까 봐······."

"어, 그러고 보니 이재명 씨라면······."

"아는 분이세요?"

"제 환자입니다. 두 해 전인가 심장 혈관에 문제가 있어서 내원한 후로 제가 집도하고 관리하는 중인······."

"우와, 세상 좁네요."

"두 분이 따로 사연이 있으시군요?"

"예……."

"하핫, 역시 좋은 사람들은 좋은 사람들끼리 모인다니까요. 제가 실은 이재명 판사님도 존경하거든요. 이 시대의 마지막 양심 아닙니까?"

"그럴 자격 있으신 분이죠. 그래서… 오늘 미얀마 가는 취지를 말씀드렸더니 잘 다녀오라고……."

"음, 강 변호사님, 설마 지금 울려는 건 아니죠?"

"아닙니다. 돌아보니 모든 게 고마워서요. 원장님도 그렇고……."

"제가 드릴 말씀이군요. 변호사님 덕분에 두 얼굴의 와이프도 정리했으니……."

"그 일은……."

"불편하게 생각하지 마세요. 저, 지금 행복합니다. 여자야 필요하면 또 좋은 사람 찾으면 되고……."

"꼭 그러시길 바랍니다."

대화하는 중에 비행기가 이륙을 했다. 양곤까지는 5시간 이상의 비행… 하지만 한 원장과 죽이 잘 맞아 하나도 지루하지 않았다.

한 원장은 창규에게 궁금한 게 많았다. 창규 역시 인품 좋은 한 원장이 좋았다. 현지 시간으로 밤 10시 반, 비행기가 양곤에 닿았다. 동남아시아가 대개 그렇지만 통관 줄이 길었다. 그래도 이곳 사람들은 느긋했다. 사람 줄이 길다고 빽이 치며 업무를 보지 않는 것이다.

밖으로 나오자 흰 종이에 한 원장 이름이 보였다. 현지인 청년이 마중을 나와 있었다.

"안녕하세요?"

현지인, 한국말이 제대로였다. 인상도 다른 현지인들에 비해 선해 보였다. 그의 안내로 택시에 올랐다.

"배순철 씨는요?"

한윤기가 물었다.

"사장님은 모우비에 갔어요 말하는데, 그렇지만 거기서 못 와요. 하지만 나에게 부탁을 해서……."

"그래요?"

"거기가 핸드폰이 좋지 않아요 말해요. 그렇지만 내일 일찍 올 수 있어요 했어요."

"네. 그런데 한국말 잘하시네요? 어디서 배웠어요?"

"한국어 학원에서 배웠어요. 그렇지만 잘하지 못합니다. 조금… 눼눼."

눼눼는 '조금'이라는 뜻의 미얀마 말이다.

"하핫, 아닙니다. 그 정도면 굉장한 거예요."

"그렇지만 고맙습니다."

칭찬해 주자 현지인이 좋아했다. 단점이라면 '그렇지만'의 화석화. 그것만 극복하면 유려한 한국어를 구사할 것 같았다.

양곤의 밤 풍경은 어두웠다. 하지만 곳곳에 초대형 빌딩들이 보였고, 계속 올라가는 중이었다. 가난한 나라라고 하지만 양곤은 미얀마의 심장. 인구 또한 1,000만 명에 달할 정도의 거대도시였으니 현대와 근대가 공존하는 곳이기도 했다.

소나기가 내렸다. 우중 야밤임에도 어두운 대로 곳곳에는 좌판식 노점이 성행 중. 베트남 갔던 때가 떠올라 국수 한 그릇이 생각나는 창규였다.

덜컹!

거기서 사고가 났다. 움푹 파인 구덩이로 바퀴가 빠진 것이다. 기사가 가속을 밟아보지만 소용이 없었다. 우민레이가 두말없이 내렸다. 창규도 내리려 하자 그가 한사코 말렸다.

"제가 할 수 있습니다."

우민레이가 차를 밀었다. 그래도 안 되자 지나가는 사람을 불렀다. 세 명이 밀자 차가 웅덩이를 나왔다. 우민레이는 함빡 젖어 있었다.

"닦아요."

미안했던 창규가 손수건을 내밀었다.

"그렇지만 괜찮습니다."

우민레이는 손으로 얼굴 물기를 털어내며 웃었다. 정말 순박함의 절정이었다.

호텔은 차이나타운에 있었다. 나중에 안 일이지만 한 원장이 가려는 달라(Dala) 지역과 가까운 곳이었다. 나아가 양곤병원과도 멀지 않았다. 수고의 표시로 우민레이에게 10달러를 주었다. 그의 전화번호도 받아두었다. 이미 늦은 밤, 혹시나 시간이 나면 식사라도 대접할 생각이었다.

호텔은… 그냥 낡은 모텔급이었다. 양곤의 호텔은 가격 대비 태국과 다르다는 설명을 들었다. 그래도 방은 두 개였다. 남자끼리지만 편안하게 쉬라는 한 원장의 배려였다. 뜨거운 물은 한참 후에야 나왔다. 배수관이 낡았는지 누런색이 서렸다. 시간은 어느새 자정 무렵. 시차를 고려하니 서울은 새벽 2시 30분이었다.

자자!

창규는 지상에서 가장 현명한 선택을 했다.

때로는 먹는 게 남는 것.

또, 때로는 자는 게 남는 것!

오늘은 후자였다.

다음 날, 양곤병원에서 배순철을 기다렸다. 병원은 한국의 중급 병원 규모였다. 하지만 이름에서 보듯이 양곤을 대표한다. 그것은 곧 미얀마를 대표한다는 뜻이기도 했다.

두 시간을 기다려서 배순철을 만났다. 그는 40대 초반이었다.

"죄송합니다. 이 나라가 교통이 좀 이래서요."

그는 퀭한 눈으로 미안해 어쩔 줄을 몰랐다. 한 원장과 인사를 하고 다음 과정으로 넘어갔다. 배순철이 수술 후보 아이들의 사진을 꺼내놓았다. 모두 일곱 명. 한윤기는 이 중에서 둘을 고를 생각이었다.

"아이들이 지금 병원에 있나요?"

한윤기가 배순철에게 물었다.

"둘만 여기 있습니다. 상태가 좀 좋지 않아서요. 하지만 나머지는 집에서……."

"둘을 먼저 볼 수 있을까요?"

"그러죠. 따라오십시오."

배순철이 앞장을 섰다. 어린이 병실에 들어서자 간호사 둘이 물러났다.

"이 아이들입니다."

배순철의 손이 두 침대를 향했다. 파리한 입술의 아이들이 한윤기와 창규를 바라보았다. 까무잡잡한 피부에 박힌 검은 눈동자가 이방인을 향해 멀뚱거렸다.

"사진 한 장 부탁합니다."

배순철이 핸드폰을 내밀었다.

한윤기+심장병 아이+배순철.

세 사람을 놓고 찍었다. 창규도 자기 핸드폰에 몇 장을 찍었다.

"차트는……."

한윤기가 묻자 배순철이 진료 기록을 넘겨주었다. 심장병 이력이 나왔다. 동맥관개존중(PDA)과 팔로의사징후(TOF)을 앓고 있는 환자들. 선천성 심장질환으로 수술이 필요한 아이들이 맞았다.

"다른 아이들은 어떻게 볼 수 있죠?"

"그게… 여기저기 흩어져 있어서……."

배순철이 난감한 표정을 지었다. 그런데 설명하는 그의 눈동자가 무척이나 피곤해 보였다. 어제 다녀간 지역에 폭우가 내렸다더니 거기서 고생한 탓일까?

"볼 수 없다는 말인가요?"

"그건 아니지만 이 나라가 도로가 안 좋아서요. 웬만한 지역을 다녀오려면 하루가 걸리는데 그런 지역에는 숙소도 없습니다. 더구나 외국인은 호텔에 묵어야 한다는 규정도 있고."

외국인은 호텔에.

나중에 알고 보니 사문화 규정이었다. 하지만 그런 규정 자체가 있기는 했었다.

"제가 오는 길에 아이들을 다 보고 싶다고 말씀드렸을 텐데……."

"저도 한군데로 모으려 노력했지만 아이들 부모들이 아이들 데려올 돈도 없고……. 그러다 보니 추가 비용까지 드는 지라……."

"이 아이들밖에 볼 수 없다는 거로군요?"

"아닙니다. 달라라는 곳에 가시면 한 명이… 이 아이입니다. 일단 그 아이를 보시고… 다른 아이들은 바고와 모우비, 짜익티요 쪽에 있는데 부득 가시겠다면 각각 하루는 잡으셔야……."

배순철이 흰 상의를 입은 아이 사진을 가리켰다.

"일단 '달라'라는 곳으로 가시죠."

"식사는?"

"배고프지 않습니다."

"알겠습니다. 제가 차를 가져올 테니 앞으로 나와주세요."

배순철은 주차장 쪽으로 사라졌다.

빵빵!

양곤의 차량 정체도 장난은 아니었다. 특히 보족 마켓 쪽이 그랬다. 원래도 정체가 심했다는 보족 마켓 인근. 최근에 양곤의 상징으로 떠오른 정선 시티가 들어서면서 정체에 기름을 부었다.

"아, 얘들은 진짜 한 쪽은 굶어죽고 한 쪽은 호화판이니……."

운전대를 잡은 배순철이 짜증을 냈다. 아까와 달리 천박해 보인다. 느낌이 그리 좋지 않았다. 원래 인간이라는 게 운전대 잡으면 본성이 나오는 법.

"여깁니다. 타시죠."

복잡한 달라항에 도착하자 큰 배를 가리키는 배순철.

"요금은?"

창규가 그를 바라보았다.

"저 배와 여기 시설들이 일본 놈들이 기증한 거거든요. 그냥 재팬이라고 하면 통과입니다. 일본 놈들은 무료죠. 어차피 한국 사람이 일본 사람하고 비슷하잖아요?"

"그건 좀 아닌 것 같군요. 돈을 내고 타는 게 좋겠습니다."

창규가 딴죽을 걸었다. 일본의 이름을 빌어 무임승차를 하는 것, 결코 내키지 않는 일이었다. 배순철은 찌푸린 얼굴을 한 채 사무실 쪽으로 걸었다.

"제가 실수했나요?"

창규가 한윤기를 바라보았다.

"아뇨? 우리가 일본 사람입니까? 당연히 돈 내고 타야죠."

한윤기는 창규 편이었다.

배는 2층 구조였다. 차는 태우지 않고 사람만 태웠다. 여기도 갈매기 밥을 파는 아이들이 있었다. 메추리알도 팔았다.

강을 건너자 분위기가 급변했다. 신세계가 펼쳐진 것이다. 양곤에 비하면 달라는 그냥 거대한 빈민촌의 연속이었다. 높은 빌딩은 하나도 보이지 않았다.

배순철이 택시를 잡았다. 힐금 보니 6명, 7명이 타는 택시도 보였다. 목적지로 향했다. 차가 멈춘 곳은 커다란 습지 근처였다. 여기에서도 더 가난한 사람들의 보금자리였다. 흡사 수상가옥처럼 앞쪽 기둥은 땅에 박고 뒤쪽 기둥은 물 위에 세웠다. 그 더러운 웅덩이에 화장실을 만들고, 볼일을 보고, 그 물로 빨래를 하고, 심지어는 목욕도 하고 있었다.

"이 집입니다."

배순철이 한 가옥을 가리켰다. 대나무와 조악한 잎새로 만든 집이었다. 그나마 오래되어 헛간처럼 보였다. 밟으면 푹 꺼질 듯한 바닥에 소년이 앉아 있었다. 소년의 이름은 칫멜로에.

칫멜로에!

발음이 어려웠다. 엄마로 보이는 여자가 극진하게 배순철을 맞았다. 퀭한 눈동자에 잘록한 허리. 그 허리가 부러질 지경으로 몸을 숙였다.

한윤기가 진찰을 하는 동안 창규는 주변을 바라보았다. 여기저기 물고기 말리는 게 보였다. 한국의 노가리 같기도 하고 피라미 같기도 했다. 그때 배순철이 핸드폰을 들고 나왔다.

"글쎄, 간다니까."

그는 창규 눈치를 보며 소리를 낮췄다.

"알았어. 오늘은 꼭 갈게. 다른 커스터머 만나지 말고 기다려."

통화를 마친 배순철은 다시 가옥으로 들어갔다.

"이 아이는 병원 아이들보다 심각하지는 않은데요?"

진찰을 마치고 나온 한윤기의 소견이었다.

"그렇죠? 양곤 의사들도 현재 병원에 있는 아이들 수술이 가장 절실하다고⋯⋯."

배순철이 반색을 하고 나섰다.

"그렇긴 하지만⋯⋯."

한윤기가 주저했다. 확실하게 확인하기 위해 날아온 미얀마. 너무 헐렁하게 넘어가는 것 같아 찜찜한 얼굴이었다.

"뭐 정 그러시면 내일 모우비나 짜익티요 쪽에 한번 가보시죠. 아침에 출발하시면 어둡기 전에 돌아올 수 있습니다."

"그럴까요?"

"그럼 오늘은 시내 구경이나 하시면서 쉬시죠. 제가 저녁에 비즈니스가 있어서요. 쉐다곤 파고다의 야경이 볼만하니까 생각 있으시면 제가 모셔다드리고 가겠습니다."

"아닙니다. 내일 일이나 잘 준비해 주세요. 우리는 우리가 알아서 쉴게요. 시차 때문에 피곤하기도 하고."

"아이고, 이거 미안해서⋯⋯."

배순철은 수다스러운 인사를 남기고 떠났다.

양곤의 저녁은 일찍 찾아왔다. 한국의 여름은 8시가 넘어도 훤하지만 그것과 달랐다. 호텔에서 샤워를 마치고 복도로 나왔다.

"안녕하세요?"

복도의 하우스키퍼가 수줍은 한국말 인사를 전해왔다. 어제 보았던 우민레이를 닮은 청년이었다.

"어제 그 청년요?"

한윤기가 창규를 바라보았다.

"네, 같이 식사나 하면… 어젯밤 비 맞으며 고생했는데……."

"그러죠. 뭐. 그렇잖아도 배순철 씨에게 전화했더니 전화도 안 되고… 가이드 삼아 나쁠 거 없지요."

한윤기의 허락으로 셋이 한 자리에 모였다. 새로 오픈한 정션 시티의 3층, 정통 중국식 요리 전문점이었다.

"미얀마 무시하는 건 아니지만 달라 다녀왔더니 여긴 정말 별천지네요. 그런 환경에서 사는 사람들에게 미안하기도 하고."

주문이 나오는 동안 한윤기는 아이들 사진을 꺼내보았다. 하나하나 살피는 표정이 진지했다. 어떻게든 더 절실한 아이를 돕고 싶은 마음이 저절로 느껴졌다.

"잠깐 화장실 좀……."

골똘하던 한윤기가 사진을 놓고 일어섰다가 돌아서던 그의 옷깃이 사진을 건드렸다. 사진은 테이블 아래로 훌쩍 쏟아지고 말았다.

"내가 할 수 있어요."

우민레이가 일어나 사진을 주웠다. 사진이 엎어지면서 뒷면이 드러났다.

"달라, 달라, 달라, 양곤, 스타시티……."

우민레이가 사진 뒤편의 글자를 짚었다. 창규와 한윤기가 보기엔 그저 안경알이나 자전거 바퀴처럼 둥글기만 했던 문자들. 우민레이가 읽으니 글자가 되었다.

"달라?"

창규가 우민레이를 바라보았다.

"이거는 달라, 그렇지만 이것도 달라, 이것도 달라."

우민레이는 세 사진을 연속으로 짚었다.

"이게 주소예요?"

"네, 주소입니다."

"그럼 이 세 아이가 다 달라에 산다는 건가요?"

"네, 달라 살아요. 그렇지만 이 두 어린이는 양곤 살아요, 스타시티 살아요."

"그럴 리가? 이 아이 칫멜로에만 달라. 다른 아이들은 모우비와 짜익티요에 산다고 하던데?"

"그렇지만 이 주소가 달라입니다. 칫뗄로에, 따다초, 파잉표
또. 삼 명이 살아요."

우민레이는 확신에 찬 표정이었다.

"……?"

화장실에서 돌아온 한윤기도 뜨악한 표정을 지었다.

"우민레이는 자기가 맞다는군요. 자기 친구가 여기 따다초
라는 아이가 사는 부근에서 밍글라 바라는 음식점을 하는데
방금 핸드폰으로 확인도 했습니다. 그 아이가 양곤병원에 갔
었는데 다음 기회에 보자고 해서 그냥 돌아왔다고……."

"그럼……?"

한윤기가 고개를 들었다. 그의 눈동자가 소리 없이 말했다.

―배순철이 우릴 속이는 것?

―그 또한 지난번 알선자와 막상막하?

"혹시 지금 다시 달라에 갈 수 있나요? 여기서 멀지 않은
것 같던데."

한윤기가 우민레이를 바라보았다. 그의 마음속에는 오직 어
린이 환자들뿐이었다.

"그럴 수 있어요. 하지만 큰 배 없어요. 작은 배 있어요. 한
사람 2천 짯 되요."

한 사람이 2천 짯. 그 돈에 포기할 창규와 한윤기가 아니

었다.

"하핫, 이거 짜릿한데요?"

허름한 나룻배에 모터를 단 배. 소음을 내며 강을 달렸다. 어두운 강 위에서 한윤기가 소리쳤다. 양곤 강은 거의 칠흑에 가까웠다.

"앞이 잘 안 보여서요?"

창규가 화답했다.

"아뇨. 강 변호사님하고 가니까 무슨 중인 신문 하러 가는 거 같아서요. 네가 범인이지? 꼼짝 마."

"저는 원장님하고 가니까 목숨이 경각에 달린 응급환자 구하러 가는 거 같은데요?"

대화하는 중에 달라에 닿았다. 항구 부근에서 택시 한 대를 빌렸다. 한 시간에 1만 짯을 주기로 했다. 따다초라는 아이의 집에 도착했다. 역시 집이라고 할 것도 없었다. 우민레이가 먼저 들어가 허락을 받았다. 부모들이 맨발로 뛰어나와 한윤기를 맞았다. 아이는 대나무 돗자리 위에 누워 있었다. 심각한 상태였다.

"1순위가 여기 있었네요."

진료를 마친 한윤기의 얼굴이 비장해졌다. 내친 김에 남은 한 명도 만나보았다. 그 아이는 시계탑 근처의 재래시장 뒤에 살았다. 여기서 다시 1순위가 바뀌었다. 아이 이름은 파잉표

또였다.

"배순철 씨의 장난일까요?"

창규가 물었다.

"글쎄요, 어쩌면 오해일 수도 있겠지만 지금까지로 봐서는……."

"배순철 씨에게 확인하시죠."

"전화가 잘 안 터지네요.

한윤기가 고개를 저었다.

"배순철 사장님, 그렇지만 지금 아마 가라오케."

우민레이가 나지막이 중얼거렸다.

"방금 뭐라고 했어요?"

"가라오케… 사장님 날마다 가라오케 있어요. 레이디 좋아해요."

"날마다?"

창규와 한윤기의 시선이 허공에서 만났다.

다시 양곤으로 돌아왔다. 두 시간 만에 끝난 달라의 두 아이들 만남. 배순철은 왜 이 아이들을 보여주지 않은 것일까?

왜?

창규와 한윤기가 머리를 맞댔다. 한윤기는 심장내과학의 권위자. 게다가 어린이 심장 수술은 국내에서도 손에 꼽히는 전문가였다. 그렇기에 첨단 기기의 데이터를 보지 않아도 누가

크레도 장편소설
FUSION FANTASTIC STORY

톱스타 이건우

열정만으로 성공하는 것은 아니다!
어중간한 실력으로 허송세월하던 이건우.

그의 앞에 닥친 갑작스러운 사고와 함께 떠오르는 기억.

'나는 죽었는데 살아 있어. 그건 전생? 도대체……'

전생부터 현생까지 이어지는 인연들.
그리고 옥선체화신공(玉仙體化神功)…….

망나니처럼 살아온 이건우는 잊어라!
외모! 연기! 노래!
삼박자를 모두 갖춘 최고의 스타가 탄생한다!

Book Publishing CHUNGEORAM

유행이 아닌 자유추구 —
WWW.chungeoram.com

FUSION FANTASTIC STORY

설경구 장편소설

저니맨 김태식

한 팀에서 오래 머물지 못하고
이 팀, 저 팀을 옮겨 다니는
저니맨(Journey man)의 대명사, 김태식!
등 떠밀리듯 팀을 옮기기도 수차례.

"이게… 나라고?"

기적과 함께 그의 인생에 찾아온 두 번째 기회!

"이제부터 내가 뛸 팀은 내 의지로 선택한다!"

더 이상의 후회는 없다!
야구 역사를 바꿔놓을
그의 새로운 야구 인생이 펼쳐진다!

Book Publishing CHUNGEORAM

FUSION FANTASTIC STORY
류승현 장편소설
리턴 마스터
2041년, 인류는 귀환자에 의해 멸망했다.
최후의 인류 저항군인 문주한.
그는 인류를 구하고 모든 것을 다시 되돌리기 위하여
회귀의 반지를 이용해 20년 전으로 돌아갔다. 하지만…….
"어째서 다른 인간의 몸으로 돌아온 거지?"
그가 회귀한 곳은 20년 전의 자신도, 지구도 아니었다!
다른 이의 몸으로 판타지 차원에
떨어져 버린 문주한.
그는 과연 인류를 구원할 수 있을 것인가!
Book Publishing CHUNGEORAM
www.chungeoram.com

를 끄덕였다. 저 멀리 쉐다곤 파고다의 금빛 조명이 아스라이 저무는 밤이었다.

다음 날, 한윤기는 양곤병원의 병실에 있었다.

의사 칫우마와 둘이었다.

침대에는 심장병 어린이 둘이 쌕쌕거렸다. 다시 보아도 달라의 아이들보다 급하지 않은 상황.

'쩝.'

그렇다고 한윤기 마음이 편한 건 아이었다.

이들 역시 심장병 환자. 권력이고 뭐고를 떠나 다 데려가 치료하고 싶은 마음 의사로서 간절했다. 하지만 병원 진료를 뒤로하고 무료 수술만 할 수 있는 게 아니었기에 마음이 꿀꿀한 것이다.

"원장님!"

잠시 후에 배순철이 들어왔다. 그 눈은 퀭했다. 입에서는 술 냄새도 조금 났다. 어쩌면 아가씨를 품고 밤새 달렸을 배순철. 한윤기가 병원에서 만나자고 하자 부리나케 달려오느라 쿨한 외모는 아니었다.

"이 아이들로 결정하겠다고요?"

배순철이 반색을 했다.

"박 사장님 추천이니까요. 여기 닥터도 그렇다고 하고."

"역시 화끈하시군요. 저만 믿으십시오. 애들이 지금 가장 시급합니다."

"그런데 혹시… 어제 제 후원자에게 권한 피로회복제 말입니다. 가지고 계시면 저도 하나… 시차 때문에 그런지 영 개운치가 않네요."

"아이고, 하나뿐입니까? 여기 얼마든지 있습니다."

배순철이 캡슐을 꺼냈다.

"차에도 많이 있으니까 얼마든지 드십시오. 한국 가시면 먹고 싶어도 못 드실 테니."

캡슐을 받아든 한윤기가 양쪽 끝을 당겼다. 캡슐에서 하얀 가루가 흘러내렸다. 두 번째 캡슐도, 세 번 때 캡슐도 그렇게 하는 한윤기였다.

"원장님……?"

황당한 표정으로 바라보는 배순철.

"이게 마약 같아서 말이죠."

"에이, 마약이라뇨? 이건 그냥 여기 미얀마 트래디셔널 피로회복제로……."

품 안에서 또 다른 캡슐을 한 주먹 꺼내는 배순철. 미얀마 경찰이 들이닥친 건 그때였다.

"무애쎄이!"

경찰이 소리치자 배순철이 허둥거렸다. 무애쎄이는 미얀마

어로 마약이었다.

"무, 무슨 소리야? 마약이라니?"

구석으로 물러서며 악을 쓰는 배순철. 경찰 둘은 한 발 더 배순철에게 다가섰다.

"에이, 씨발!"

거기서 배순철이 경찰을 들이박았다.

그런 다음 복도로 튀었다. 하지만 거기까지였다. 복도에 있던 또 다른 경찰 셋이 배순철을 제압한 것. 미얀마 경찰은 그의 품에서 마약 캡슐을, 자가용에서도 여러 종류의 마약을 찾아냈다.

"야, 너희들 실수하는 거야. 닥터 칫우마, 틴 린 아웅에게 전화해 줘. 틴 린 아웅!"

틴 린 아웅은 배순철이 공을 들이는 미얀마 군부의 실력자.

배순철이 소리쳤지만 닥터는 움직이지 못했다. 한윤기가 들이민 메모 때문이었다.

당신, 배순철에게 한국 최신 핸드폰 두 개 뇌물로 받았죠? 그래서 그와 짜고 배순철이 원하는 아이들을 골라 한국에 보내고 있었던 거죠?

동글동글 어깨를 겨루는 미얀마 문자는 우민레이가 써준 것이었다.

팩트를 찔린 닥터는 까무잡잡한 얼굴로 식은땀만 흘릴 뿐이었다.

잠시 후에 창규와 우민레이가 들어섰다. 배순철이 압송된 후였다.

창규가 우민레이의 등을 밀었다. 의사 앞에 선 우민레이가 입을 열었다.

"저분들 말씀이 코리아로 가는 심장병 어린이 환자 선별 병원을 옮기겠다고 합니다."

"그, 그건……."

"양곤에서 어떤 병원이 심장병 관리에 좋냐고 물으십니다. 그것만 양심껏 말해준다면 당신 뇌물 건은 예써캉(경찰서)에 알리지 않겠다고 합니다."

"……."

"마지막으로 달라 항구 앞에 앰뷸런스 대기시켜서 달라의 응급환자 이송을 도와달라고 합니다. 의사로서 인도적인 차원으로."

우민레이의 목소리는 조용하면서도 또렷했다. 닥터는 앰뷸런스 두 대를 알선해 줄 수밖에 없었다.

띠뽀띠뽀!

앨뷸런스가 바삐 움직였다. 그건 고통에 허덕이는 아이들에게 희망을 퍼뜨리는 소리였다.

"고맙습니다. 고맙습니다."

신축된 양곤 공항에서 몇 사람이 입을 모아 말했다. 한윤기와 함께 한국으로 입국하게 되는 세 소년과 소녀 심장병 환자, 그들의 인친척, 마지막으로 우민레이였다. 원래는 두 소년을 데려가려던 한윤기. 한 소녀의 상황이 좋지 않아 한 명 더 추가하는 결단을 내렸다.

세 소년 소녀의 부모들 눈은 우기의 미얀마처럼 눈물이 그치지 않았다.

그들 손에는 그들이 배순철에게 털렸던 수십만 짯의 돈도 들려 있었다.

창규와 한윤기가 반씩 각출해 돌려준 것.

그래봤자 140만 짯이니 한국 돈으로 치면 130만 원에 불과한 액수였다.

"코리야, 코리야!"

부모들의 감격은 멈추지도 않았다.

소녀의 언니가 다가와 흰 꽃을 건네주었다. 중학생쯤 되는 그녀가 직접 실에 꿰어 만든 것. 콩알만 한 꽃은 향이 은은하고 좋았다.

냄새를 맡고 한 송이를 따서 입에 물었다.

창규는 그 꽃을 먹었다. 언니의 마음을 간직하겠다는 뜻이었다. 나머지는 돌려주었다. 농산물 화훼이니 가져갈 수 없기 때문이었다.

"고마워요."

창규가 인사를 전하자 언니의 눈에서도 홍수가 났다.

우민레이는 한윤기가 미얀마 직원으로 채용하는 형식을 취했다.

그에게 매달 50만 원의 봉급을 주기로 하고, 심장병 어린이 선별에 최선을 다해달라고 부탁했다. 50만 원이라면 미얀마에서는 대략 고소득에 속하는 봉급. 우민레이는 마음을 다해 일하겠다고 약속을 했다.

많은 사람들을 뒤로 하고 입국 절차를 밟았다.

아이들을 수행하는 미얀마 사람 둘도 한국까지 동행이었다.

"강 변호사님!"

밤 11시 25분 한국행 대한항공. 이번에도 이코노미석에서 한윤기가 창규의 손을 잡았다.

"네?"

"여기가 미얀마 상공 맞지요?"

"그야……."

"이 높은 곳에서 거짓말하면 하느님께 벌 받겠지요?"

"……?"

"그래서 하는 말인데, 강 변호사님 정말 고맙습니다."

"무슨 말씀이신지……."

"이번 일 말입니다. 솔직히 저는 고액 기부자로서 강 변호사님께 제가 하는 일을 홍보할 요량도 있었는데 이렇게 큰 도움을 받게 되었습니다."

"……."

"그렇지 않습니까? 강 변호사님이 아니었으면 내가 뭘 체크했을까요? 그저 배순철이 속이는 대로 미얀마 현지가 잘 돌아가고 있다고 생각하고 돌아왔을 겁니다."

"그건……."

"진심으로 고맙습니다. 솔직히 이 봉사 활동을 결정한 후로 가장 행복한 순간입니다. 이제부터 오는 아이들은 정말이지 더욱 더 절실하고 간절한 것 같아서……."

"……."

"앞으로도 오래오래 강 변호사님과 우애를 나눴으면 좋겠습니다. 3억의 거액을 기부했다고 하는 입에 발린 말이 아닙니다."

"그렇다면 저도 이 높은 상공에서 고백할 일이……."

"예?"

"사모님과 이혼하실 때… 사모님이 빼돌린 돈을 찾아두었습니다."

"예?"

"십억이 좀 넘는데 일부는 제가 수임료로 하고 10억은 돌려드릴 생각인데 말씀드릴 타이밍이……."

"그 여자가 그렇게 많은 돈을 빼돌렸단 말입니까?"

"기부한다고 원장님께 받아간 돈을 전부 자기 주머니에……."

"허어!"

"받아주실 거죠?"

"아닙니다. 그건 강 변호사님이 찾아낸 것이니 수임료로 넣어두십시오."

"죄송하지만 그렇게 많은 돈을 받으면 부당 이득금으로 걸릴 수 있습니다. 그러니 도와주세요."

"제가 무덤까지 입단속 할 테니 그냥……."

"그럼 이렇게 하죠. 그 돈을 원장님 심장 수술 봉사단에 기부하면……."

"강 변호사님?"

"그것도 안 된다면 제가 그냥 검찰에 자수하고 처벌을 받겠습니다. 수임료 과다 청구 한 비양심 변호사로……."

"……."

"허락하시는 거죠?"

"허, 참……."

"고맙습니다."

창규는 얼렁뚱땅 한윤기의 마음을 사버렸다.

"감사합니다. 이런 기회 만들어주셔서… 사실 저도 10억 건도 말씀드려야 했고… 원장님께 부채 의식도 있었거든요. 사모님과의 이혼 말입니다."

"그건 이미 제 마음을 말씀드렸을 텐데요?"

"그렇다고 해도 제게는 부담이 틀림없습니다."

"잊어버리세요. 저는 이 모든 게 다 강 변호사님 덕분이라고 생각합니다. 이렇게 돌아가서 자기가 좋아하는 남자를 종일 애틋하게 간병하고 온 여자가 사랑해 하고 안겨온다면… 한마디로 맙소사지요."

"그래서 고맙다는 겁니다. 저를 원망하지 않고 진솔하게 대해주시니."

"두고 보세요. 제가 어떻게든 강 변호사님께 은혜 갚을 테니."

"은혜라는 말은 가당치도 않고… 오늘 데려가는 아이들 셋의 수술이나 성공하셨으면 합니다."

"그건 제가 의사 명예를 걸고 약속하죠. 지상에서 가장 높은 이곳에서."

한윤기가 손을 내밀었다. 창규는 그 손을 힘차게 잡았다. 무려 5시간 이상을 날아야 하는 비행. 돌아가는 길은 하나도 지루하지 않았다.

『승소머신 강변호사』4권에 계속…

초대형 24시 만화방

신간 100%, 샤워실, 흡연실, 수면실(침대석), 커플석, 세탁기 완비

▪ 광명 광명사거리역점 ▪

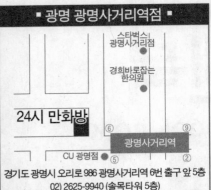

경기도 광명시 오리로 986 광명사거리역 6번 출구 앞 5층
02) 2625-9940 (솔목타워 5층)

▪ 강북 노원역점 ▪

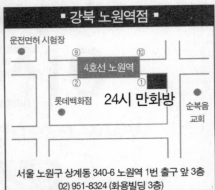

서울 노원구 상계동 340-6 노원역 1번 출구 앞 3층
02) 951-8324 (화용빌딩 3층)

▪ 일산 정발산역점 ▪

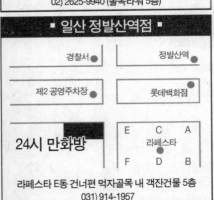

라페스타 E동 건너편 먹자골목 내 객잔건물 5층
031) 914-1957

▪ 일산 화정역점 ▪

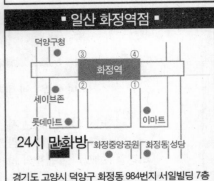

경기도 고양시 덕양구 화정동 984번지 서일빌딩 7층
031) 979-4874 (서일사우나 건물 7층)

▪ 부천 역곡역점 ▪

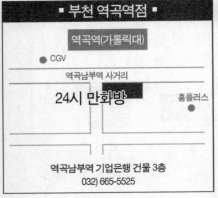

역곡남부역 기업은행 건물 3층
032) 665-5525

▪ 부평역점 ▪

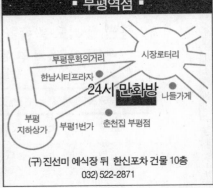

(구) 진선미 예식장 뒤 한신포차 건물 10층
032) 522-2871

크레도 장편소설
FUSION FANTASTIC STORY

톱스타 이건우

열정만으로 성공하는 것은 아니다!

어중간한 실력으로 허송세월하던 이건우.

그의 앞에 닥친 갑작스러운 사고와 함께 떠오르는 기억.

'나는 죽었는데 살아 있어. 그건 전생? 도대체……'

전생부터 현생까지 이어지는 인연들.
그리고 옥선체화신공(玉仙體化神功)…….

망나니처럼 살아온 이건우는 잊어라!
외모! 연기! 노래!
삼박자를 모두 갖춘 최고의 스타가 탄생한다!

설경구 장편소설

저니맨 김태식

한 팀에서 오래 머물지 못하고
이 팀, 저 팀을 옮겨 다니는
저니맨(Journey man)의 대명사, 김태식!
등 떠밀리듯 팀을 옮기기도 수차례.

"이게… 나라고?"

기적과 함께 그의 인생에 찾아온 두 번째 기회!

"이제부터 내가 뛸 팀은 내 의지로 선택한다!"

더 이상의 후회는 없다!
야구 역사를 바꿔놓을
그의 새로운 야구 인생이 펼쳐진다!

Book Publishing CHUNGEORAM

유행이 아닌 자유추구 -
WWW.chungeoram.com

神敎
王慶神文叙
淘湯敘

천미신교
낙양지부

정보석 新무협 판타지 소설

FANTASTIC ORIENTAL HEROES

무협武俠의 무武란 무엇을 뜻하는가?
바로 자신의 협俠을 강제強制하는 힘이다.

자신을 넘어, 타인을 통해, 천하 끝까지 그 힘이 이른다면,
그것이 곧 신神의 경지.

**일개 인간이 입신入神하기 위해
필요한 것은 무엇인가?**

**지금, 그 답을 찾기 위한
피월려의 서사시가 시작된다!**

Book Publishing CHUNGEORAM

유행이 아닌 자유추구 -
WWW.chungeoram.com

FUSION FANTASTIC STORY
류승현 장편소설
리턴 마스터
2041년, 인류는 귀환자에 의해 멸망했다.
최후의 인류 저항군인 문주한.
그는 인류를 구하고 모든 것을 다시 되돌리기 위하여
회귀의 반지를 이용해 20년 전으로 돌아갔다. 하지만…….
"어째서 다른 인간의 몸으로 돌아온 거지?"
그가 회귀한 곳은 20년 전의 자신도, 지구도 아니었다!
다른 이의 몸으로 판타지 차원에
떨어져 버린 문주한.
그는 과연 인류를 구원할 수 있을 것인가!
Book Publishing CHUNGEORAM
WWW.chungeoram.com